目利き芳斎 事件帖 1

二階の

井伊和継

時代小説
二見時代小説文庫

目次

第一章　二階の先生　7
第二章　目利き指南　79
第三章　いざ吉原《よしわら》　140
第四章　龍鼻《りゅうび》の茶碗　209

目利き芳斎 事件帖1——二階の先生

第一章　二階の先生

一

湯殿には先客がいた。

金兵衛《きんべえ》は軽く挨拶しながら湯に浸かる。

「失礼いたします」

「ああ、いい湯だ」

いつもながら、思わず声が出た。

「まったくですな」

先客が声をかけてきたので、湯煙の向こうに浮かぶ顔を見ると、先ほど宿の女中から相部屋を頼まれた総髪の浪人ではないか。

ったようです」

「いやあ、相部屋などと申し訳ない。間《ま》が悪くて伊勢参りの一行が同宿することにな
「はは、お互い様でございますよ」

「お体、お悪いのはどちらですかな」

いきなりそう言われたので、金兵衛はいささか驚く。

「あの、わたくしが湯治の客とわかりますか」

「はい、ここは街道から少し離れているので、長逗留に向いている。ということは、たいていは養生のお客でしょう」

「おっしゃる通りです」

宿にはひと月ほど逗留していた。金兵衛は江戸の湯島天神《ゆしまてんじん》脇で道具屋を営んでいるが、麹町《こうじまち》のさる旗本から蒔絵《まきえ》の丸火鉢を手放したいので見に来てくれと言われて屋敷を訪ねた際、それをひょいと持ち上げたとたん、見た目よりも重い火鉢で腰を変にひねってしまい、痛くて動けない。痛みが治まらず、かかりつけの医者から湯治を勧められて今、江戸から二十四里離れた箱根《はこね》の宿にいるのだ。

「腰を痛めまして養生しておりましたが、さすがによく効く箱根の湯、あらかた治り

ました。来るときは駕籠《かご》や馬で散財いたしましたが、この分ではゆっくり歩いて帰れそうです。で、あなたもご養生ですか」

「いや、わたしは気ままな旅の者です。賑やかな街道筋よりも鄙《ひな》びたところが宿賃も安く静かでいいと思ったのですが、まさか伊勢参り大一座が後に続くとは、あてがはずれました」

湯殿の外が騒がしくなってきた。

「噂をすれば連中、ご入来《じゅらい》のようだ。では、お先に失礼」

すっと浪人が立ち上がった。部屋で見かけたときは背が高く痩せたように見えたが、胸板は厚く、二の腕も太い。足腰も相当に鍛えているようだ。

どやどやと伊勢参りの一行らしいのが湯に入ってきたので、金兵衛も早々に引き上げた。

部屋に戻ると江戸から連れてきた小僧の卯吉《うきち》が泣きべそをかいている。

「卯吉、どうかしたのか」

「あ、旦那様、申し訳ありません」

「なんだい」

「ちょっと目を離した隙に、今日のお昼に仕入れた煙管《きせる》が見当たらないんです」

腰の痛みがすっかりよくなった金兵衛は商売気を出して、近隣の小商《こあきな》いの店などを巡り珍しい小物を物色していた。そこで見つけた煙管がなくなったという。

卯吉が声をひそめる。

「こんなことを申してはなんですが、相部屋になったご浪人、ちらちらと煙管を珍しそうにご覧でした。まさかとは存じますが」

「これ、滅多《めった》なことを言うもんじゃない」

金兵衛は卯吉をきつく叱りつける。

「ちゃんと仕舞っておかなかったのはこちらの落ち度だよ。無闇《むやみ》に人を疑ったり、ことを荒立ててはいけない。それとなく女中さんには聞いてみるがね」

そこへ浪人がすっと入ってくる。その手には件《くだん》の煙管が握られていた。

「あっ」

卯吉が素《す》っ頓狂《とんきよう》な声をあげる。

「お探しのものはこれではありませんか」

浪人に言われて金兵衛は驚く。

「はい、さようでございますが、いったいそれは、どこにございました」

「庭先で子供が遊んでいたのですよ。伊勢参りの一行はどうやら女房子供連れらしい。

いくら伊勢参りが大流行《おおはや》りでも、ちと大仰《おおぎょう》すぎますね。宿の部屋には締まりがありませんから、子供らが狭い廊下を騒いで駆け回る。親はまったく叱らない。困ったものです。おそらくこの部屋にも勝手に入って、この煙管が珍しくて、持ち出し遊んでいたと思われます。見覚えがあったので、子供に言うとすんなり返してくれました。幼い子たちで悪気はなさそうです。どうか穏便に」

浪人は金兵衛に煙管を手渡す。

「ありがとう存じます。もちろん、見つかりさえすればよろしゅうございますので」

「それにしても、珍しい細工ですね。こしらえも丁寧だ。その火皿《ひざら》では一度に煙草《たばこ》がよほどたくさん吸える」

変わった意匠の煙管で、雁首《がんくび》が太く、火皿がお猪口《ちょこ》のように大きいのだ。

「ちょいとした掘り出し物で、見当たらず、どうしたのかと思いあぐねておりました」

「そうでしたか。贅沢《ぜいたく》な品を扱う道具屋さんの商いは今、大変でしょうね。例の御改革のあおりで江戸の暮らしは厳しいと伝え聞いておりますが」

「なあに、贅沢御禁制のお触れも二年も経ちましたので、すっかり沙汰止《や》みです。世間は元通りの活気でございますよ」

そう言いながら、金兵衛ははっとする。

「あの、わたくしが江戸の道具屋ということは、女中からお聞きになりましたか」

「いえ」

「では、どうしておわかりです」

「小僧さんを従えて逗留されているのは、かなり裕福な商家の御主人とお見受けしました。先ほど湯でお会いしたとき、腰を痛めて駕籠や馬を乗り継《つ》いで来られたとうかがいましたが、箱根の湯は江戸から養生に来られるのにさほど遠くなくていい。痛みも治まったご様子、そろそろ江戸に戻る前に近隣で珍しい小物などを探しておられて、その煙管を仕入れられたのでしょう。道具屋さんならば、ときに重い道具を抱えることもあり、そのせいで腰を痛められたのではありませんか」

聞いてみると、いちいちもっともである。

「おっしゃる通りです。申し遅れました。わたくし、江戸で道具屋を営みます梅花堂《ばいかどう》の金兵衛と申します。これなるは小僧の卯吉、よろしくお願い申し上げます」

金兵衛は卯吉ともども、深々と頭を下げる。

「ご丁寧な挨拶、痛み入ります。わたしは鷺沼芳斎《さぎぬまほうさい》と申す見ての通り、修行中の旅の者です」

なるほどと金兵衛は大きくうなずく。鷺沼芳斎と名乗る浪人、歳の頃は三十前後であろうか。長身で鼻筋通った顔立ちのせいで痩せて見えるが、先ほど湯殿でちらりと見た体軀は相当に鍛えられたものである。武芸者ならば真剣勝負の前に相手の力量を見定める眼力が必要とされる。ゆえに鋭い眼光で金兵衛の素性や商売を見抜いたに違いない。

「やはり武者修行のお方でしたか」

言われて芳斎は笑う。

「いえいえ、修行は修行でも剣の修行ではありません」

「はあ」

「わたしの修行は絵の修行ですよ」

金兵衛は首を傾げる。

「絵とおっしゃると、あの絵筆をとる絵師でいらっしゃいますか」

「さよう」

「てっきり、武芸の心得がおありと見ましたが」

「道具屋さんだけあって、目利きされましたかな。たしかに若い頃、国元の道場に通って剣術の稽古に夢中になったこともございました」

普段から書画骨董《しょがこっとう》を扱う金兵衛は絵にも造詣が深い。相手が修行中の絵師と知って大いに喜ぶ。そこへ夕餉《ゆうげ》の膳が運ばれてきたので、相部屋のよしみ、酒を酌《く》み交わし語り合うこととなった。

「絵師とおっしゃると、流派はどちらでしょうか」

「わたしの父はさる藩で禄をいただくお抱え絵師で、流派としては応挙《おうきょ》の流れです」

「では円山《まるやま》派ですな」

「はい、身分は低うございますが、城下に屋敷があり、弟子も多く、暮らしに困らず、一応は名字帯刀を許された士分で、それゆえにわたしも浪人を名乗っております。絵師は世襲ではございませんが、わたしの兄もおそらくは父の跡を継ぎましょう」

「そのようなお方とは存じませず失礼をいたしました」

「なあに、次男であるわたしが絵師として世に出るには、父を超えた絵を描かねばなりません。わたしの口から言うのもなんですが、父はなかなかの名人でして、鳥を描けば、まるで屏風《びょうぶ》から抜け出て今にも飛び立ちそうなほどです」

「ほう」

「父のような絵師になりたい。が、なかなか思うように描けません。父は絵のことはなにも教えてくれず、己の目で見て学ぶがよいと申します。幼い頃から書画に慣れ親しみ、それなりに眼力も養いましたが、自分で描く絵がまるで上達しない。なまじ絵の良し悪しがわかるだけに、己の未熟さが歯がゆく、そこで画業の道を求め、諸国を遍歴しております」

「お描きになったものをお持ちですか」

「いいえ、ここへ来る途中、富士の山を見て、絵筆をとりましたが、とても満足できず、破り捨ててしまいました」

「富士はむつかしゅうございますな。なまじ日本一なだけに。ここ何年かに出ました北斎《ほくさい》の富士は御存じですか」

「おお、富嶽三十六景《ふがくさんじゅうろっけい》ですね。国元にも伝わっております。父は刷り物の浮世絵は軽んじておりますが、わたしは面白いと思います」

それを聞いて金兵衛はなかなか話のわかる御仁だとさらに喜び、話がはずむ。

「あのう、旦那様、お先に休ませていただいてよろしゅうございましょうか。なにか御用がございましたらお申しつけくださいませ」

とうに食事を終え部屋の隅《すみ》に控えていた卯吉が眠い目をこすりながら問いかける。

「うん、先に休むがいい。その前に女中さんに大徳利をいくつか持ってくるよう、伝えてくれぬか」

「かしこまりました」

「なかなか賢そうな小僧さんですな」

「十三になりますが、よく気がつくので重宝《ちょうほう》しております」

酒が運ばれ、卯吉が小さな寝息を立ててからも、ふたりの話題は尽きなかった。

金兵衛は商売柄《がら》書画に通じており、文人墨客《ぶんじんぼっかく》との交流もある。が、若い芳斎と語り合ううち、その並々ならぬ学識と趣味の広さに舌を巻いた。絵の知識はいうに及ばず、陶磁器や彫塑《ちょうそ》にも詳しい。国学、漢籍の学識も豊富で、下世話な戯作《げさく》や芝居までよく知っている。

「お若い方とこれほど打ち解けて、四方山《よもやま》話《ばなし》ができようとは、これもお伊勢参りのおかげでしょうかな」

「そうかもしれません」

金兵衛の胸に、ふと家を出たまま音信不通の息子のことが浮かんだ。

「実はわたくしには出来の悪いせがれがございましてな。店の跡取りであり、ひとり息子でもありますので、幼い頃より少々厳しく躾《しつ》けましたのが、よくなかったのか。商売に身を入れず、とうとう道楽の味を覚えて、親子喧嘩の末、ぷいと家を出ていってしまいました。ほとぼりが冷めるまで、日光《にっこう》あたりへ旅に出たとか女房が申します。

が、生きているのやら、死んでいるのやら、はや二年も音沙汰がございません」

「それはご心配ですな。とは申せ、わたしももう何年も国元には帰っておりません」

「先生の修行の旅と、せがれの道楽の家出とはいっしょにはなりません」

「よしてください」

　芳斎はあわてて首を振る。

「年長の方から先生などと呼ばれては、お恥ずかしい」

「いえ、画業ばかりか、学才あり、武芸の腕前も相当とお見受けいたします。それにご身分も士分、それよりなによりも、初対面のわたくしを一目で江戸の道具屋と見抜かれたご慧眼《けいがん》、ゆえにぜひとも先生と呼ばせていただきたい」

「参ったなあ。広く浅く絵を描く足《た》しにと見聞を広めただけで、学者になるほどの器量もなければ、剣術で世渡りするほどの腕もありません。父は絵についてはなにも教えてくれませんが、一度だけ言われたことがあります。もののうわべだけを見ていてはいけない。物事の中身を見通し見極めなければ本物の絵は描けぬと。それでつい初めてお会いした方の素性まで詮索してしまう。悪い癖ですよ」

「それは御謙遜《ごけんそん》というものです。比べるのはなんですが、先生のようにお若くても学識豊富でご自分を磨くために修行の旅をされているのと、常に易《やす》きに流れ遊び呆《ほう》けて親に意見されるとぷいと家を出て遊び半分の極道旅《ごくどうたび》を続けているせがれとでは大違い。ですが、不思議ですな。初めてお会いしたばかりの赤の他人の先生とこうして打ち解けて盃《さかずき》を交わしておりますのに、せがれとは一度も酒を飲んだこともなければ、親しく話したこともなかった」

「そうでしたか。そういえば、わたしも父とは酒など酌み交わしたことがない。子供の頃から父に絵を見せても一度も褒《ほ》められたこともありません。自分で満足できる絵が描けねば、父にも見せられず、それまでは国には帰らぬ所存でございます」

「親子とは難しいものでございますな」

金兵衛は寂しく笑う。

「わたくしは腰もあらかた治りましたので、そろそろ江戸へ戻ろうかと思っておりますが、先生のこの後の行き先はお決まりですか」

「いえ、風の吹くまま気の向くまま、あてのない気ままな旅人です」

「では、ご都合よろしければ明日もまたお付き合いくださいませんか。湯に浸かって飲みながらの四方山話、こんな楽しいことはありませんので」

「もちろん、願ってもない。ごいっしょいたしましょう。わたしは普段、あまり人とは話をしない質《たち》ですが、いやあ、金兵衛殿のお話が面白くて、つい、飲みすぎてしまいます」

「わたくし、実を申せば酒がなによりも好物。そして酒の肴《さかな》は気の合った方との話題が一番です。ああ、そうだ。江戸にいらっしゃるときには、ぜひお立ち寄りください」

「諸国を旅しておりますが、江戸にはまだ一度も足を踏み入れておりません」

「ならば、ぜひともお越しを。その節は湯島天神脇の道具屋、梅花堂をお訪ねくださいまし。とことん、心ゆくまで飲み明かしましょう」

二

千住《せんじゅ》の宿場は行き帰りの旅人でけっこう賑わっていた。このあたりの旅籠《はたご》は女郎屋も兼ねているから、客は旅人とは限らない。吉原《よしわら》で遊び飽きてこっちまで足を伸ばす江戸の通人《つうじん》もいれば、近郷の羽振りのいい大百姓もいる。

和太郎《わたろう》は脇目も振らずさっさと素通りして、痛む右足を軽くひきずりながら、千住大橋に至った。本当なら千住の宿で身ぎれいにしてから久しぶりの江戸に入りたかった。が、飯盛り女と遊ぶどころか、一膳の飯を食う銭もない。

大橋の真ん中でふと立ち止まり、行く川の流れを眺める。流れは絶えずして、しかももとの水にあらず。この橋を渡れば、いよいよ江戸だ。中秋《ちゅうしゅう》の川風が冷たく心地よかった。

「淀《よど》みにー浮かーぶーうたかたはー」

思わず小唄《こうた》の節をつけて口ずさむ。行き交う通行人がちらちらと和太郎に目を走らせた。すり切れた引き回しの道中合羽《がっぱ》、股引《ももひき》も脚絆《きゃはん》もところどころ泥がこびりついている。笠は被《かぶ》っておらず、髭《ひげ》も月代《さかやき》もちょろちょろと伸びてはいたが、日焼けした浅黒い丸顔はどことなく愛嬌があった。

見るからに薄汚い渡世人《とせいにん》である。が、これでももとは湯島の道具屋、梅花堂のひとり息子なのだ。

和太郎は思う。橋を渡ってこのまま真っすぐ山谷《さんや》のほうへ向かえば吉原か。思わず懐かしさが胸をよぎった。もとはといえば、吉原がいけなかったのだ。それで父親の勘気《かんき》をこうむり、家を飛び出し、うたかたのような身過ぎ世過ぎになってしまった。

この薄汚れた風体《ふうてい》では吉原の大門《おおもん》はとてもくぐれない。くぐったとしても、気が引けて、うろうろと冷やかし歩くこともままならぬ。

山谷は避けて、右手の方角、下谷通新町《したやとおりしんまち》を上野《うえの》方面に歩き出す。町とはいえ、寺が多く、周辺には田畑が広がっている。稲刈りが終わったばかりとみえて、天日干しの稲がずらりと下がっている。

「秋のー田のーかりほのー庵《いお》のーとくらあ」

口から出る下手《へた》な節回しに合わせて、ぐぐうと腹が鳴る。

もう二日ほど満足に食っていないのだ。数日前の喧嘩出入りで挫《くじ》いた足がますます痛む。吉原なんてどうでもいい。色気より食い気。ゆっくりと腰を落ち着けて、白い米の飯を腹いっぱい食いたい。それが切羽《せっぱ》詰まった今の心境であった。

十九の歳に家を出て三年になる。どの面《つら》下げて戻ってきたかと、父親の金兵衛にはさんざん罵《ののし》られるだろう。が、背に腹は代えられない。今はただひたすら平謝りに謝るしかない。

足をひきずるように、三ノ輪《みのわ》、金杉《かなすぎ》、御簞笥町《おたんすちょう》と歩いて、ようやく上野の山が見えてきた。

これはどうしたことか、下谷広小路《ひろこうじ》はたいそうな賑わいである。

和太郎は思わず舌打ちする。ちぇっ、なんだい、なんだい。江戸はちっとも変わっちゃいねえや。広小路はえらく賑やかじゃねえか。今日は祭りかよっ。

天保《てんぽう》度の御改革、贅沢禁止のお触れが三年も続けば、江戸の町々はどこもかしこも閑古鳥《かんこどり》が鳴いて、町人はみんなみすぼらしいぼろを着て、子供は駄菓子さえ口にできず、通りの店は商売にならず軒並み戸を閉め、上州《じょうしゅう》の温泉町や下総《しもうさ》の漁師町よりも、もっと寂《さび》れているかと思っていたのだ。

祭りではなかった。これこそがいつもの江戸なのだ。どこの店も賑やかで活気が溢れており、町娘はきれいな振袖で歩いている。

「ああ、いいねえ」

和太郎、思わず呟く。やっぱり江戸の女は垢抜《あかぬ》けてきれいだ。さすがに将軍様のお膝元、天下一の御城下である。こんなことなら、もっと早く江戸に戻ればよかった。

目の前に不忍池《しのばすのいけ》。いよいよ湯島の実家が近づいてきた。

湯島天神脇の梅花堂は御改革のあおりで潰《つぶ》れもせず、ちゃんと店を開けていた。

「ありがてえ」

薄茶色の暖簾《のれん》に梅花堂の屋号が白で染め抜いてある。もし店がなくなっていたら、路頭に迷うところだったが、これで一安心だ。

だが、父の金兵衛は頑固だから、そうたやすくは許してくれまい。

うまい具合に父が留守なら、母のお寅《とら》からまとまった銭をもらい、どこかで飯でも食って、湯屋《ゆうや》で汚い体を清めて、着る物もましなのに着替えて、髪結床《かみゆいどこ》へ行って、そのへんで軽く一杯ひっかけて。親父に頭を下げるのはそれからでもいいや、と甘い了見が頭をよぎる。

店の前まで来ると格子戸は開いていて、暖簾の隙間からちらっと中が見えた。立ち止まらず、そのままゆっくりと素通りする。

「おやっ」

ちらっと見えた店の中で、帳場に座っているのは父であろうか。しばらく行ってから、また引き返し、ちらっと覗く。

「あれれっ」

帳場に座っているのはやはり金兵衛ではなさそうだ。だれであろうか。また歩いて、引き返す。

やっぱり違う。番頭でも雇ったのか。が、番頭にしては頭が総髪。しかも、煙管をくわえてすぱすぱやっている。番頭が帳場で煙草を吸うなどありえない。

またしばらく歩いて、引き返す。

「おーい」

何度か店の前を行ったり来たりしたところで、中から声をかけられ、足を止める。

「そんなところでうろうろしてないで、中にお入り」

気づかれていたようだ。和太郎は意を決して、暖簾をくぐる。

帳場に座っているのは父の金兵衛ではない。歳の頃は三十過ぎ、文人風の総髪で、目鼻のはっきりした端正な顔立ち。口にくわえた煙管の火皿がやけに大きくてお猪口のような形をしている。

ぱーんと大きな音をたてて煙草盆の灰落としに煙管を叩きつけると、口元を緩《ゆる》めて和太郎に言う。

「お帰り、和太郎さん」

「えっ」

和太郎は驚く。どうして俺の名前を知っているんだ。こんな男、見覚えはないが、どこかで会ったことがあるのだろうか。

和太郎は男の顔をぐっと睨みつけた。

「おうっ、おめえさん、いってえだれでえ。たしかに俺は、この家のせがれ、和太郎だが」

男はうなずく。

「どうやら、下総に行ってなすったね」

者なのか。

　和太郎は飛び上がる。名前ばかりか、下総帰りとまで。なぜ知っているのだ。今さっき江戸に着いたばかりで、まだだれにも会ってはいないのに。この男、いったい何者なのか。

　そのとき、母親のお寅が風呂敷包みを抱えた小僧の卯吉を従えて帰ってくる。

「先生、すいませんねえ。店番させちゃって。おや、お客さんですか」

　振り返った和太郎はお寅と目が合う。

「おっかさん」

「わ、和太、おまえ、和太郎かい」

「へへ、お久しゅうござんす」

　お寅はいきなり和太郎のにやけた頰を引っぱたく。

「痛え。おっかあ。なんだよ、いきなり」

「なにがお久しゅうござんすだい。今の今まで便りひとつ寄越さず、いったいどこをどうほっつき歩いてたんだ。ええっ、そのなりはなんだよ。無職《ぶしょく》渡世の三下《さんした》奴《やっこ》に成り下がったのかい」

「いや、これは」

和太郎はちらちらと帳場をうかがう。

「それより、おっかさん。その人はだれだい。おとっつぁんは」

お寅は卯吉に合図して、すすぎの水を持ってこさせる。

和太郎は黙って足をすすぐ。

「おとっつぁんなら、さっきから奥にいなさるよ」

奥を覗き込む和太郎の首根っこをつかむようにして、お寅は座敷に引っ張り入れる。

「どこだい、おとっつぁんは」

座敷にはだれもいないのだ。

お寅は和太郎を仏壇の前に座らせる。

「ここだよ」

「ええっ」

「今からちょうど一年前だよ、この親不孝者が」

仏壇。ということは。すうっと力が抜ける。

「おとっつぁんが死んだ」

「おまえが家を出ていってから、弱気になったのかねえ。ときどきぼんやりして、和太の野郎、江戸を離れたそうだが、今頃どこでどうしているんだろう。ちゃんと飯は食ってるんだろうか。悪いものを食って、からだを壊してやしないだろうか。悪い女にひっかかってやしないか。あいつは女にだらしないからなあ。下手《へた》な博奕《ばくち》に手を出して、借金が払えずに簀巻《すま》きにされて、川に投げ込まれてやしないか。おとっつぁん、おまえの身をいつも案じていたんだよ」

「そうだったのか」

女にだらしないとか、博奕が下手だとか、言われてみれば、その通りである。頑固《がんこ》で口うるさい父親だったが、死に目に会えなかったのは、悔やんでも悔やみきれない。和太郎の目から涙がこぼれる。

が、心の奥底でなにかしら、安堵もしている。怖い父親に罵られず、家に戻れたのだから。

「で、さっきのあのお人はいったい」

ちらっと帳場を見ると、先ほどの男がいない。

「ああ、あの人は二階の先生だよ」

「なんだい、二階の先生ってのは」

「鷺沼芳斎先生とおっしゃる。わけあって、二階にいてもらっているのさ」

鷺沼芳斎先生。見た目はそこそこにいい男である。和太郎は勘繰《かんぐ》る。親父が死んで一年。まさか、おふくろ、若い男を引き込んでいるんじゃあるまいな。寅年生まれで名前がお寅。もう五十は過ぎている。が、色の道ばかりは別である。

「二階にいてもらってるって」

梅花堂は道具類の売買が商売だが、箪笥《たんす》などの大きな品物は扱わず、茶道具や書画、骨董、刀剣、人形、笛《ふえ》、鼓《つづみ》、小物類などが主で、別棟の蔵などはなく、間口の小さな店にいろいろと並べて、あとは二階が物置となっていた。

ことに二階には貴重な品々が保管されており、百両は下らない壺や皿や掛け軸などが置いてあるのを和太郎は幼い頃から知っている。そんな大事なものの置き場所に、赤の他人を居つかせて大丈夫なのか。やっぱりおふくろと訳ありなのか。

「そもそもどうして、その先生が二階にいるんだい」

「それはね」

お寅は鷺沼芳斎が梅花堂の二階にいるわけを和太郎に語る。

「もとはといえば、去年の夏」

三

一年前のこと、腰を痛めた金兵衛は小僧の卯吉と箱根に湯治の旅に出ていたが、ひと月ほどで回復し、意気揚々と江戸に戻った。人間五十年というが五十をいくつか過ぎ、起き上がれないほどの苦痛を経験し、それをまた克服した喜びは言い知れぬ。快気祝いの宴を開き知り合いを招いて、めでたい、めでたいと大いに飲んだ。

が、その夜、急にめまいを起こして前のめりにばたんと倒れる。駆けつけた医者吉《よし》井玄庵《いげんあん》の診立ては卒中《そっちゅう》で、旅の疲れが癒えないうちに羽目を外して好きな酒を飲み過ぎたのがいけなかったという。こればかりは医者の手にもおえない。三日三晩大いびきをかいたまま、すうっと眠るように息を引き取った。

旅に出たまま音沙汰のない息子の和太郎には知らせるすべもない。弔《とむら》いを済ませたお寅は思案する。

目利きの金兵衛には上客が何人もついていたが、お寅はそこまで目は利かない。いっそ店を畳もうかとも思うが、金兵衛がこつこつと集めた道具類、貴重な品々や書物もある。店を閉めるとなると、安く買い叩かれるのが落ちであろう。

旅に出たまま帰ってこない跡取り息子の和太郎はいつ戻ってくるかわからないが、帰ったとき家がなくなっていれば、困るに違いない。

箱根に出かける前に金兵衛は言っていた。くれぐれも持ち込まれた品の値踏み、買い取りは断るようにと。

梅花堂は贅沢な品を扱っている。それゆえ代々の家宝だとか、珍しい品が入ったとか、品物を持ち込み値踏みを依頼する客が来る。が、目利きのできないお寅が拝見しますとうっかり手に取ったら、あとで瑕《きず》がついたとかなんとか因縁をつけて、女ひとりと見くびって、高い金をふんだくろうとするだろう。そういう持ち込みの客は最初から相手にするな。店の品を喜んで買ってくださるお得意様がいるから、それは帳面を見て、買っていただければいい。

帳面には細かく品物の仕入れ値が日付とともに記してある。客を見て、仕入れ値よりも高く売れば損はしない。金兵衛の残した帳面を見ながらの手堅い商売だったが、お寅は息子が旅から帰ってくることだけを楽しみに店を続けた。

ある日、ひとりの侍《さむらい》が店先を覗いて、のそりと入ってきた。歳の頃は三十そこそこ、なかなか立派な身なりの侍で、まるで白粉《おしろい》を塗ったような青白い顔、目鼻がくっきりして、お屋敷勤めと見受けられたが、たったひとりで供《とも》はいなかった。

湯島天満宮《てんまんぐう》への参詣の途次、ふと道具屋があるのを見かけ、立ち寄った。近々屋敷で茶会が開かれる。殿様より支度を命じられており、手ごろな茶碗でもあればと探していたとのこと。店内を見回し、ひとつの茶碗に目をとめる。

「おお、これは。手に取ってもよいか」

「どうぞ、御覧くださいませ」

侍はためつすがめつ、茶碗を眺めた。

「気に入った。値《あたい》はいかほどじゃ」

お寅は先ほどからそっと帳面で確認している。仕入れ値は三両。が、三両のものを三両で売っては儲けにならない。あんまり高くふっかけると、客は逃げる。

「三両二分でございます」

「おお、さようか」

侍は鷹揚にうなずく。

「拙者、これより天満宮に参詣いたす。帰路に再び立ち寄り、その茶碗、求めようと存ずる。ゆめゆめ他の客に売ること相ならぬぞ」

「ははあ」

お寅は思った。お侍、茶碗をえらく気に入ったようだから、三両二分なんて言わずに、四両でも五両でも買ってくれたかしら。相手が欲しがっているときは、少々高めに言うのが商売のこつ。今度から気をつけよう。

ところが、いくら待っても侍は現れない。天神様《てんじん》にお参りするのに、そんなに暇《ひま》はかからないだろうに、とうとうその日、侍は来なかった。

翌日も、その翌日も、待てど暮らせど来ないのだ。

なあんだ。気に入ったとかなんとか言って、ただの冷やかしだったのか。そういう客がときどきいるのだ。

しばらくして、今度はひとりの商人が店を覗く。一見《いちげん》の客だが、身なりは立派で歳の頃は三十そこそこ。色白の顔がくっきりとした大店《おおだな》の若主人風である。

「梅花堂さんにはいい品がそろっていると聞きましてね。天神様にお参りの途中、立ち寄らせていただきました。おお、これはよい目の保養、眼福《がんぷく》、眼福」

そんな世辞を言いながら、店内を見回し、皿やら硯《すずり》やら小鼓などを眺めて、ふと先日の茶碗に目をとめる。

「ほう、これは、なかなかの茶碗ですな」

「あ、その品は先約がございまして」

「なに、先約ですと。それは残念」

商人は諦めきれないのか、しばし腕を組んで考え込む。

「して、先約とはどこのどなたでしょう」

「それは申し上げるわけには」

「そうでしょうな。では、いかがですか。わたくし、この茶碗がたいそう気に入りまして、ぜひともお譲りいただきたい。いやいや、先約のお方には申し訳ないのだが、そちらをなんとかお断りしていただくわけにはまいりませんかな」

と言われても、先日の侍は名も告げておらず、来るか来ないかわからないので、断るというわけにもいかない。

「どうでしょう。三両では」

「いえいえ」

「四両」

「なかなか」

「では、清水《きよみず》の舞台から飛び降りる覚悟で、五両まで出しましょう」

五両といわれて、お寅は考えた。侍のほうはあれから音沙汰がない。五両といえば相当の大金だ。三両の仕入れ値を差し引いても二両の儲けである。見ればさほどぱっとしない茶碗、この先売れるかどうかわからない。それが五両とは御《おん》の字ではないか。

「よろしゅうございます」

五両で茶碗を売ってしまった。

翌日、先の青白い顔の侍がやって来た。

「相すまぬことであった。先日、天満宮の帰路に立ち寄ると申しながら、実はあの日、参詣の折、境内で旧知の友に会い、近くの茶屋に誘われるまま、つい酒を過ごしての。夜も更けて立ち寄れなかった。許せよ。翌日、殿の御前《ごぜん》に呼ばれ、茶会の支度はどうかとお尋ねあり、実はこれこれしかじかと、ここでの茶碗の一件を申し上げたところ、お喜びなされて、それは重畳《ちょうじょう》、名のある茶器に相違ない。わずか三両二分で贖《あがの》うては当家の名折れ。二十両で買《こ》うてまいれ」

「に、二十両でございますか」

「うむ、喜べ。拙者すぐにも参ろうと存じたが、茶会の支度が思いのほか手間取っての。ようよう、今日《こんにち》、参ることが叶《かの》うた。ここに金子《きんす》二十両持参いたした。ささ、茶碗をこれに」

お寅は驚き、その場に平伏する。

「申し訳ございません。実は他のお客に売れてしまいました。つい昨日のことでございます」

「な、な、なんと申す。他の客に売れただと」

　侍は驚き、がっくり肩をおとす。

「すまぬことでございます」

「すまぬではすまぬぞ。では、あの茶碗、ここにないと申すのじゃな」

「ははあ」

「拙者、ゆめゆめ、他の客に売ってはならぬと申しつけたはずじゃ」

「恐れ入ります」

「その約定《やくじょう》を違《たが》えて、他の者に売り渡すとは」

「この通り、お詫び申し上げます。すぐに引き返すとおっしゃったあなた様が何日もお見えにならず、冷やかしであったかと思い」

「なに、なに」

　侍は血相変える。

「拙者を冷やかしとな。少々日時が遅れようと、武士に二言《にごん》はないぞ。それを冷やかしと申すか」

「ははあ」

「拙者、殿より金子二十両をお預かりした。このまま屋敷に茶碗を持たずに戻ることはできぬ。かくなる上はこの腹切って、殿にお詫びいたすまでじゃ」

茶碗ひとつで腹を切るなどとはとんでもない。

「なにを申されます」

「が、わしひとりの腹は切らぬ。約定違えたそのほうも同罪である。成敗いたすゆえ、覚悟せよ」

「ひええ」

お寅は腰を抜かさんばかりで、ひれ伏す。

「どうぞ、どうぞ、お許しくださいませ」

「いや、ならぬ」

侍は刀の柄《つか》に手をかける。

「そこへなおれ」

「命ばかりはお助けを、どうか、どうか、お助けくださりませ。命ばかりは」

「さよう。たしかに人の命は茶碗ごときに代えがたい」

侍は考え込む。

「ご慈悲をもって」

「うーむ。殿がご所望の茶碗がなき今、預かりしこの金子《きんす》、むざむざ持っては帰れぬ。

が、ここは道具屋、二十両に代わる値打ちの品があろう。この恥辱を晴らすには二十両や三十両ではすまぬ。うん、百両の値打ちの品。それを持って帰参いたせば、殿もお許しくださるやもしれぬ」

　お寅はほっと胸を撫でおろす。

「はあ、それならば。どうぞ、なんなりとお持ちくださいませ」

　侍は店内をぐるっと見渡す。

「いや、いや、そのほうが百両の品と申しても、殿のお目にかなうやら。そうじゃ。いっそ、金子で百両、用意いたせ。金子百両ならば、百両の値打ちに相違ない。殿も喜んでお許しくださるであろう」

「金子で百両でございますか」

「拙者の面目も立つ。それで許してつかわそうほどに」

「なんと、百両。それは」

「ならぬと申すか」

「さあ」

「さあ」

「さあ」

「さあ、さあ、さあ、どうじゃ」

いつの間にか店の前は黒山の人だかりとなっている。

「あいや、しばらく」

そのとき、店の外から声がかかり、ひとりの男が店内へすすっと進み出た。

「卒爾《そつじ》ながら」

深編笠で、すらりと背が高く、腰には大小を差した浪人風である。

お寅に詰め寄っていた青白い侍は、不審そうに振り返り、浪人をにらむ。

「なんじゃ、貴様」

「百両渡さねば成敗とは、ちと穏やかではない。いかなる仔細でござろう」

「貴様にかかわりなきこと」

「いやいや」

背の高い浪人は深編笠をとると、現れたのは総髪で端正な顔立ち。鋭い目でぐっと侍を見つめる。

「拙者、当家に少々縁《ゆかり》のある者でござる。見たところ、ご貴殿はご直参《じきさん》ではござらぬな。いずれのご家中か」

「貴様の知ったことではない」

「お言葉から察するに、どちらかの江戸詰めか。あ、しかし、ご貴殿のその紋所《もんどころ》はいささか」

「ええい、なにを申すか、邪魔だていたすと、ただではすまぬぞ」

「さようでござるか。ただではすまぬと。いかがなされる」

「おのれ、手は見せぬぞ」

「それは相すまぬことでござる。と言いたいところだが、下手《へた》な芝居はそのあたりで幕を下ろしたほうがよいぞ」

「なにを」

「ふふ、おまえ、侍じゃなかろう。そのせりふ回し、型にはまった立ち居振る舞い、見たところ」

「ええい、ほざくな」

青白い侍は刀の柄に手をかける。

「ほう、抜くか。抜けるものなら抜いてみるがいい。その軽々した加減では、おおかた竹光《たけみつ》と見たがどうだ。ただの竹光ではないな。うーむ、その造りからすると、芝居の小道具。おぬし、役者であろうが」

青白い侍は懐《ふところ》から匕首《あいくち》を出す。

「おうっ、どこのどいつか知らねえが、いいとこで邪魔しやがって。腰の刀と違って、こいつは本物だぜ」

いきなり突きかかるのを浪人は軽く避けて、侍を店の外へと追い払う。

「正体を現したな。危ない真似はやめたほうがいいぞ。役者が侍になっていいのは芝居小屋の中だけだ。往来での偽侍《にせざむらい》はご法度《はっと》。このまま番屋に突き出そうか」

「ちぇっ、覚えてやがれ。おうっ、てめえら何見てやがる。見世《みせ》もんじゃねえぞ」

偽侍は往来の弥次馬に悪態をついて逃げていく。

お寅はその場にへなへなとなる。

「おーい、お寅さん、大丈夫かい」

小僧の卯吉に連れられて、近所の御用聞き、天神下の義平《ぎへい》が駆けつけてくる。

「あ、親分」

「おまえさんが変な侍に強請《ゆす》られてるってんで、小僧さんがうちに駆け込んでね。屋敷者相手じゃ、俺たち町方は手が出せねえが」

「ありがとうございます、親分」

義平は浪人を睨みつける。

「浪人なら話は別だ。おい、ご浪人、変な真似すると、この天神下の義平が黙っちゃいませんぜ」

　お寅はあわてて、義平を制止する。

「あ、親分、違うんですよ。変な侍に強請られているとき、こちらの方に助けていただいて」

「へえ、じゃあ」

「こちらのご浪人さんがそいつを偽侍だと見抜かれまして」

「ふうん」

「そいつ、尻尾《しっぽ》を巻いて逃げていきましたよ」

「ほう、ご浪人、あなたが」

　義平は浪人を上から下までじろじろと見定める。強請りの手口によくあるのが、もめているところへ悪党仲間がわざと助けに入って信用させ、さらに大きく強請るというもの。いきなり現れ、急場を救ったというこの浪人、なんとなく怪しい。

　先ほどから黙ってなりゆきを見ていた小僧の卯吉が「あっ」と叫ぶ。

「先生、芳斎先生ですよね」

「おお、おまえはたしか、卯吉だったね」

「はい、そうでございます。ああ、やっぱり。先生、お久しゅうございます」

お寅は驚く。

「卯吉、このお方をおまえ、知っているのかい」

「はい、箱根で旦那様とごいっしょだった先生です」

「へえっ。まあ、さようでございましたか」

お寅は改まって浪人に頭を下げる。

「このたびは危ないところをお助けくださいまして、ありがとう存じます」

「申し遅れました。わたしは鷺沼芳斎と申す修行中の旅の者。先日、箱根の湯でこちらの御主人、金兵衛殿とお会いし、話がはずみ、江戸へ来たら一度訪ねるようにと言われておりました」

義平が頭を下げる。

「いやあ、どうも相済みません。御用聞きは疑ってかかるのが商売、金兵衛さんのお知り合いの先生とは知らず、失礼いたしました」

「いえいえ」

「で、偽侍を見抜かれたということですが、どうやって」

「ああ、それなら、武士と町人では幼い頃からの躾《しつ》けが違っています。立ち方、座り方、歩き方。さっきの男は腰の据わりが全然違う。形《なり》は一応は侍だが着ているものが少々派手すぎる。刀は竹光のようだ。顔が妙に青白い。あれはきっと白粉《おしろい》かなんかで白くしているのだろう。それで、こいつは侍じゃない。芝居の役者だと」

そう聞いて、義平はうなずく。

「役者か。なるほど。そいつは心当たりがありますぜ。侍に化けて商家を強請る手口、役者くずれの七化《しちば》けの権左《ごんざ》に違《ちげ》えねえ」

「七化けの権左」

「ええ、もとは木挽町《こびきちょう》で下回《したまわ》りの役者だったんですが、なかなか出世できない。そこで小芝居に移って、なんとかいい役がついたところで、一昨年の御改革だ。三座は次々と浅草《あさくさ》へ行っちまう。小芝居は御禁制。そこで役者を見限って、あっちこっちで悪さをしてやがるんで」

お寅は驚く。

「じゃあ、親分」

「なんです」

「昨日、茶碗を五両で買っていった大店《おおだな》の若主人は、その悪党の仲間でしょうか」

「どんな野郎でした」

「歳の頃は三十そこそこ、色の白い。あっ」

「おかみさん、どうやらそいつも権左が化けてやがったに相違ねえ。へっへ、侍、町人、坊主、年寄りから女まで、なんにでも化けるんで七化けってんでさ。梅花堂は金兵衛さんがたいそう目利きで、値打ちの品がそろってる。しかも最近亡くなって、今はおかみさんひとりだ。そこへ目えつけやがったな。その一幕さえ押さえりゃ、俺がお縄にするんだが」

「驚いたなあ。さすがは花の大江戸、役者くずれとは面白い。ところで、この様子なら、金兵衛殿はお留守のようだが」

「まあ、まあ、どうしましょう。こちらこそ申し遅れまして」

お寅は金兵衛が箱根から戻ってすぐに卒中で倒れ、そのまま亡くなったことを告げる。

「なに、金兵衛殿が亡くなられたと」

「どうぞ、仏に線香など」

座敷に通された芳斎は仏壇に手を合わせる。

すぐ後ろに、義平が座り込んで見守っている。

「で、うちの人とはどのように」

芳斎は箱根で金兵衛と同宿となり意気投合したいきさつを語る。

「三日ほど、いっしょに湯に浸かり、酒を飲み、語り合いました。金兵衛殿はお酒がお好きでしたな」

「はい、それが命取りとなってしまいましたが」

「そうでしたか。お別れするとき、知り合うきっかけとなりました煙管があまりに面白いこしらえなので、譲り受けたいと申しましたら、紛失したのを見つけていただいたのだからお代はいらない、差し上げましょうとおっしゃる。商売物を只《ただ》で頂戴するわけにもまいらぬので、仕入れ値で買い取らせていただきました」

芳斎は懐の煙草入れから煙管を取り出す。

「これがそのときの煙管です。これだと、煙草がいっぺんにたくさん詰められるので重宝《ちょうほう》しております」

お寅は感心し、芳斎に頭を下げる。

「いきなりこんなことを申してはいかがとは存じますが、もし、江戸に定宿《じょうやど》がなく、先生にご迷惑でなければ、二、三日、この家にお泊まりいただけませんでしょうか」

「え、それはまた」

「箱根でうちの人と出会ったというのもなにかの縁」

お寅は義平をちらっと見る。

「親分が睨みをきかせてくださるので、滅多なこともありますまいが、なにしろ女所帯で小僧がひとりいるだけでございます。さっきの七化けだか狐《きつね》だか、無用の茶碗を五両で買って、向こうが損をしております。いつ意趣返《いしゅがえ》しに来ないとも限らず。どうでしょう。二、三日、ご滞在いただけますまいか」

「そいつはいいや」

芳斎の人柄を気に入ったようで、義平も勧める。

「侍に化け、商人に化け、欲しくもない茶碗を買って、みすみす元手を五両も損している。たしかに仕返しに来るかもしれねえ。どうです、先生、しばらくお泊まりなすっては」

「さようですか。では、お言葉に甘えましょう」

これも金兵衛の引き合わせかと、二階に案内され、旅装を解く。

二階は様々な道具類、書画骨董の保管場所になっており、芳斎は息を呑《の》む。棚には相当の値打ちものがきちんと並べられている。

初対面の自分を高価な品々といっしょに寝泊まりさせるとは。もしも自分が悪心《あくしん》を起こせば、百両、二百両の金目の品をごっそり持ち出して、姿を消すかもしれない。

「こんな宝の山のような場所に見ず知らずのわたしが泊まっていいものか」

「いいえ、先生はうちの人が見込んだお方、それにわたくしも、品物の目利きはたいしてできませんが、人を見る目だけはございます」

二階は物置であると同時に金兵衛が書き物をしたり、書見《しょけん》をしたり、文机《ふづくえ》もあり、数々の書物もそろっている。芳斎は二階に逗留することとなる。

四

芳斎は梅花堂の二階が居心地よくて、他に行くあてもなし、二、三日のつもりが四日、五日と続き、とうとう十日も厄介になった。が、これ以上は長居するのも気が引ける。そろそろお暇《いとま》せねばと思い、旅支度をはじめようとした矢先、店がなにやら騒がしい。お寅と客が言い争っている様子なのだ。

「どうかいたしましたかな」

のっそりと十五段の階段を下りていく。

「あ、先生。実は今、このお客様が値踏みしてほしいとおっしゃって、お持ちになられたのですが、主の金兵衛はもうおりません。持ち込みの品の値踏みはお断りしているると申し上げたところ、ぜひにとおっしゃる。そこでいささか押し問答をしておりましたが」

「なるほど、さようか」

　客は四十そこその町人で、一見、お店者《たなもの》のように見える。二階から下りてきたのが痩せて背の高い総髪の文人風、厳《おごそ》かな風貌でおかみから先生と呼ばれている。これは只者ではないなと、少々たじろいだ。

「わたしでよければ、拝見いたしましょうか」

　お寅は驚く。

「先生が」

「はい、見せていただくだけならば」

　このまましつこい客と押し問答していても始まらない。お寅はうなずく。見るだけ見れば、客も納得するかもしれず。下手に因縁でもつけるようなら、先日の偽侍のように先生が追い返してくれるだろう。

「では、お願いできましょうか」

「うむ」

　芳斎は客に向き直る。

「お持ちの品は」

「さいですか。ああ、助かった。梅花堂といやあ、たいそうな目利きとうかがっておりやす。へっへ、これなんですがねえ」

客は風呂敷包みをそっと差し出す。

「どうぞ、見てやっておくんなさい」

包みを解くと、中にあるのは一枚の絵皿である。

「ほほう。ちょっとお待ちを」

なにを思ったか、芳斎は二階に上がり、再び下りてきたとき、その手には天眼鏡《てんがんきょう》が握られていた。

「では、拝見」

手に取って、ためつすがめつ、絵柄を見つめ、裏返しにし、ところどころ、天眼鏡でじっくりと凝視し、やがて解いた風呂敷の上に皿を置く。

「結構なお品ですな」

「そうでしょう」

客はにやにやとして、手をすり合わせる。

芳斎もにやり。

「失礼ながら、どちらでお求めなされた品ですかな、魚屋さん」

「げっ」

　客は飛び上がった。

「あっしが魚屋だと、どうして」

「違いますかな」

「いやあ、実をいうと、あっしはね。神田皆川町《かんだみながわちょう》の魚屋で、多吉《たきち》ってんで」

「ほう、皆川町の多吉さん」

「へい、いつもは股引に半纏《はんてん》だが、今日は、ほら、大事な品物を見ていただくんだ。そんな格好じゃ、見くびられて、安く叩かれちゃかなわねえ。滅多に着ない晴れ着を引っ張り出しましてね。こう身なりを改めて。でも、あなた、なんで、わかったんです、あっしの商売が」

「ふふ、そこはほら、品物の目利きもすれば、人の目利きもいたします」

「へええ、驚いたなあ。実はね、ちょいと前に女房のおふくろがおっ死《ち》んじまって。ひとり暮らしの婆さんで、弔いのあと、いろいろ片付けてたんだが、狭い長屋にたいしたもんはなんにも残っちゃいねえんです。ふと見ると、紙に包んだものが出てきて、それがこの皿だったんで。女房に聞くと、よくわからねえが、昔、お旗本のお屋敷で下女奉公してたことがあって、お暇をもらったときに、奥様からいただいたんじゃないかって、そんなことを言ってました。お屋敷勤めを鼻にかけて、あっしらなんぞ、ちょいと付き合いにくい、婆さんでしたが」

「なるほど。さようですか。こちらで値踏みし、そちらで納得なされば、この絵皿、手放されるおつもりかな」

「そりゃあもう、買っていただきゃ。そのつもりでうかがったんで」

「では、少々お待ちくだされ」

　芳斎は呆気にとられているお寅を隅にいざない、小声でささやく。

「おかみさん、あの絵皿、こんなことを言っては何だが、魚屋さんの持ち物にしては、出来は悪くありません。名人の作ならば十両、いやそれ以上はしましょうが、銘はない。瑕《きず》も汚れもさほどないので、まず、こちらのお店で売るとなれば、三両というところでしょうかな」

「まあ、そうですか」

「三両で売る品を三両で仕入れては商いにならないでしょう。いくらなら、よろしゅうございますか」

「先生、あちら様がどうしても売りたいというときは、相場より安く、こちらがどうしてもほしいときは、高めに値をつけます」

「では」

「先生の値踏みが三両。こちらで引き取ってもすぐに売れるとは限りません。まずは半値の一両二分といいたいところ、先方のおかみさんのおっかさんの形見とのお話ですから、色をつけて、二両でお願いいたしましょう」

「承知しました」

芳斎は所在なげに待っている客に近寄る。

「どうでしょう、多吉さん。駆け引きなしで、ずばり申します」

「へい」

「二両でお譲りいただけますかな」

「うええ、二両」

魚屋は唾を飲み込む。

「そんなにいただいてよろしいんで」

「はい」

「うれしいなあ。そんだけありゃあ、大助かりだ。女房も喜びます。おふくろ、いいものを残してくれたってね。きれいな皿だが、それで鰯《いわし》のぬたを食うわけにもいかず、あっしらが持ってたって猫に小判だよ。それが本物の小判二枚になるとは。ああ、ありがてえ。それにしても、先生、すごいね。皿の値打ちをぴたりと言い当てる。そればかりか、とっておきの晴れ着でめかしこんだあっしを一目見ただけで、ぼてふりの魚屋と見破るとは、ひょっとして千里眼《せんりがん》ですかい」

「いやいや」

「いずれにせよ、ありがとうござんす」

魚屋の多吉は金を受け取ると、大喜び、ぺこぺこしながら帰っていった。

お寅は芳斎の手腕に驚く。

「先生、お礼を申し上げます」

「なあに」

「でも、あのお客が魚屋さんだなんて、いったいどうしてわかったんです。品物の目利きもすれば、人の目利きもする。ひょっとして、先生、ほんとに千里眼ですか」

「冗談じゃない。あの男、見たところ、身なりはお店者《たなもの》だが、顔がやけに黒い。それと、からだがこう傾いている。なにか重いものをいつもこっちの肩で担《にな》っているのが癖になったに違いない。顔が日に焼けているのは、昼間に往来を出歩く商売。重い天秤棒で荷を売り歩くのだろう。あの男が風呂敷をこう差し出したとき、手が少々生臭かった。魚の臭いは湯屋でもなかなか落ちない。そこで、担ぎの魚屋だろうと当たりをつけました」

「へええ、あたしはまったく気がつきませんでしたよ。そこに気がつくのがやっぱり千里眼では」

「よしてください」

「あの、その天眼鏡ですが」

「二階の書見台にありましたので、つい、お借りいたしました」

「亭主金兵衛、年とともに目が悪くなりまして、書物を読むのに便利だと、それはオランダ渡りの品で、以前お客様が持ち込んだものを買い入れ、自分用に使っておりました」

「さようでしたか。なかなか立派な天眼鏡ですな」

「それは先生に差し上げます」

言われて芳斎は驚く。

「えっ、こんな高価なものをわたしに」

「もはや金兵衛には無用でございます。今、目利きしてくださったお礼。形見《かたみ》と思ってお受け取りくださいまし」

「さようですか。これはうれしい。では、お言葉に甘えてありがたく頂戴いたします」

「それにしても先生、絵師の修行中とおっしゃいましたが、絵皿の目利きもなさるんですか」

「たいしたことはできませんが、多少ならば、書画道具類のよしあしはなんとかひと通り」

「まあ」

「幼い頃から書画に慣れ親しみ、真贋《しんがん》を見抜く眼力も養いましたが、いかんせん、自分で描く絵がまるで上達いたしません。なまじ良し悪しがわかるだけに、こんな歯がゆいことはない。そこで、諸国を旅しながら修行を続けております」

「さようでございましたか」

「さて、二、三日と思っておりましたのに、はや十日もお世話になり、心苦しゅうございます。そろそろお暇せねば」

「いずこかに、お急ぎの旅でございましょうか」

「いや、申すように行くあてなどない修行の旅、今日は東、明日は西と、風の吹くまま、気の向くままに」

「ならば先生」

お寅は頭を下げる。

「折り入って、お願いがございます」

「なんですかな」

「亭主金兵衛亡きあと、店を畳もうかとも思案いたしましたが、わたくしどもには和太郎というせがれがございます。三年前、金兵衛と親子喧嘩いたし、父親の勘気が収まるまでしばらく旅に出ると申して、わたくしに路銀を無心し、そのまま便りがございません。風来坊のせがれがいつ戻ってもいいように、店を続ける所存でございます。いかがでしょう。先ほどの魚屋さんのように先生にまた、来客の品、目利きをしてはいただけませんか」

「わたしに目利きをとおっしゃいますか」

「恥ずかしながら、道具屋の女房のくせに、商売のことは亭主に任せ、わたくし、道具の良し悪し、わかりかねます。梅花堂の暖簾をあてに、品物を持ち込むお客様をお断りせねばならず、心を痛めておりました。いつ戻るかしれませぬが、せがれが戻ってまいりますまでの間、ひと月かふた月か、あるいは半年か一年か、二階にご滞在いただき、目利きのお知恵、どうかお借りするわけにはまいりませぬか」

「とおっしゃられても」

「たしかに中には質《たち》の悪いお客もございます。値打ちのないものに高い値をふっかける輩《やから》や、ひどいのになると、盗品を持ち込む盗人《ぬすっと》も」

「盗人ですか」

「金兵衛は慣れておりますので、怪しい客が来ると、卯吉に合図して義平親分のところへ走らせました」

「ははあ、あの御用聞きの」

「ですが、先生ならば、相手がなにものか、すぐに正体を見破られましょう」

「いやあ、そこまでは」

「ご迷惑ならば、無理にとは申しませんが、ご逗留いただく間は飲み食いに不自由はおかけいたしません。また、目利きをお願いする際には、それに相応した歩合をお受け取りいただきます。とは申せ、持ち込みの客などそう毎日あるわけでなし、普段は二階でお好きなようにお過ごしくださいませ。金兵衛がこつこつ集めた書物をご自由に書見なされるもよし、お好きに絵をお描きになるならば、道具屋ゆえ、絵筆など道具もいろいろとそろっております。どうか出来の悪いせがれが戻るまでの間、お願い申し上げます」

しばらくは特になにごともなく、たまに品物を持ち込む客があれば芳斎が相手をし、天眼鏡で品物をじっくりと見て値踏みする。ついでに相手の身分や商売まで言い当てて、お寅を驚かせた。

ある日、大工の棟梁《とうりょう》と名乗る赤ら顔の男が梅花堂を訪ねた。道具の売り買いではなく、千里眼の先生に用があるというのだ。

なにごとかと芳斎が相手をすると、昨夜、大事な普請の手間賃を貰ったのを夜道でぶつかった男に掏《す》り取られた。どこのだれだかわからない。先生の千里眼の眼力で掏りの居所や名前を言い当ててほしい。常日頃、親方と呼ばれて威張っているのに、手間賃を掏られたとあっては使っている職人に面目が立たない。湯屋で魚屋の多吉から千里眼の先生がいるという話を耳にし、思い余って訪ねたと言う。

あの魚屋がそんな噂を広めているのか。芳斎は思わず苦笑する。

自分は道具の目利きはするが、掏りの行方まではわかるはずがない。力にはなれないが、昨夜のことを聞くだけは聞いてみよう。

大工が言うには、手間賃を貰ったあと、行きつけの居酒屋で一杯ひっかけて、その帰り、夜道で知らない男にぶつかった。「気をつけろいっ」と怒鳴ったが、相手は知らん顔して速足で逃げるように去っていった。家に帰ると、手間賃の入った財布がない。ぶつかって逃げ去った野郎が掏ったに違いない。どこのどいつか、先生の千里眼で見つけてほしいとの依頼である。

ひと通り話を聞いた芳斎は、自分には掏りの行方を言い当てるような眼力はない。が、ひょっとして、ぶつかった男は掏りではなく、怒鳴られたのが怖くて逃げ去っただけ。一杯ひっかけた居酒屋で忘れたか、あるいは男とぶつかった拍子に夜道に落としたことも考えられる。掏り以外にも紛失の要因はある。

言われて、大工は鼻をふくらませ、眉間にしわを寄せる。

「なんでえ。掏りの行方はわからねえって。そうですかい。だろうなあ。俺もおかしいと思ったんだ。多吉の野郎、いい加減なこと教えやがって。道具屋がなんでもかんでも見抜くわけねえや。道で落とした、店に忘れた。へんっ、そんなこたあ、だれでも思いつくよ。ああ、とんだ無駄足だ。千里眼の先生、へへ、どうもおやかましゅうござんしたねえ」

「威勢のいい親方だ」

大工の捨て台詞《ぜりふ》に芳斎は呆《あき》れる。

ところが翌日、その大工がまたもや梅花堂を訪れたのだ。昨日と打って変わって、やけに神妙でおとなしく、ひたすらぺこぺこしている。

「ええ、先生、昨日はどうも、大変に失礼をばいたしました。まさかとは思いましたが、ひょっとして道に落とした。でもね、どのあたりでぶつけられたか、皆目《かいもく》思い出せねえんで。そこで、もしやと思って店を訪ねましたら、あったんですよ。あたしが帰ったあと、財布が置いてあったってんで、店のおかみがちょいと乙《おつ》ないい女で、これが取っといてくれました。勘定払うときに、ひょいと脇に置いたんだなあ、全然憶えてねえけど。やっぱり、馴染みの店はいいですねえ。これが一見《いちげん》の店だと、親爺《おやじ》が猫ばば決め込みやがって、金輪際《こんりんざい》戻ってこねえや。ああ、先生、たいしたもんだ。店に忘れたんだろうと、見事、言い当てなすった。あたしはもう、昨日、あんな失礼なことを申して、穴があったら入りたい。これは些少《さしょう》ではございますが」

大工が置いていった紙包み、開けてみると一朱入っていた。ちょっと助言しただけで、一朱とは。あの大工、よほどうれしかったのか。

お寅はまたしても驚く。

「でも、先生、どうして掏りじゃないとわかったんですか」

「一杯ひっかけたという話だが、あの大工、顔色から相当に酒好きと見ました。昨日ここへ来たときも、ちょっと酒臭かったな。ならば、大金が入って居酒屋でしこたま飲み、酔っぱらっての失態かと」

「まあ、うかがえば、その通りです」

「いずれにせよ、見つかってよかったが、酒は慎むべしと戒めても、通じる相手じゃなさそうだ。なくした金が見つかってうれしいと、また大酒を飲みますよ」

　さあ、それから、道具の目利き以外にも、失せものや人探しなどで梅花堂を訪ねる者が増えた。梅花堂の二階の先生は千里眼、当たるも八卦《はっけ》、当たらぬも八卦、そんじょそこらの易者よりすごいとの評判が広まる。魚屋が湯屋で吹聴《ふいちょう》し、大工が絶賛し、さらに尾鰭《おひれ》がついて話が膨らんだに違いない。

五

　お寅は思う。芳斎先生は本当に千里眼なのだろうか。見ただけで相手の素性を言い当てる。神通力《じんつうりき》などではなくて、おそろしく頭がいいのではなかろうか。だから、並みの人の気がつかないところまで見通すのだ。

　千里眼かどうかは別としても、相当な変人である。まず、ほとんど一日中、二階で過ごしている。出かけるのはたまに近所の湯屋に行くか、天神様にお参りするか、あとは不忍池の畔《ほとり》で煙草を吹かしながら、亀や鯉《こい》をぼんやりと眺めているか。

道具の目利きにしろ、失せものや尋ね人にしろ、そう頻繁に客が来るわけもないので、二階にじっとしている。

目利き以外で梅花堂の暖簾をくぐり、鷺沼芳斎を訪ねる客があれば、二階にあげて、仔細を聞き適切な助言をする。

うまく当たった場合は客が謝礼を置いていく。が、当たらなければ礼金は受け取らない。謝礼の額も決まっておらず、謎解きそのものが好きなので、謎が面白ければ、謝礼なんてどうでもいいという。

絵師の修行中という割には絵筆を持っているのを見たことがない。絵師よりも謎解きが向いているのなら、いっそ、それを商売にしてはどうかとさえ思う。けっこう評判が高まっているのだから。

そして、湯島天神脇の梅花堂に千里眼ありと、鷺沼芳斎の名を江戸中に知らしめる一件が出来《しゅったい》したのである。

半年前のこと、芳斎を訪ねたのは裕福そうな商家の女房で歳の頃は三十過ぎ、ほっそりとした美人であった。

つき従う小太りの年配の女中とともに二階に案内され、棚に並ぶ書画道具類に目を瞠《みは》り、芳斎の前で手をつき深々と頭を下げた。

「わたくし、日本橋本町《にほんばしほんちょう》で米屋を営む加賀屋宗兵衛《かがやそうべえ》の女房、妙《たえ》と申します」

客に出す茶を自ら運び、お寅は部屋の隅にとどまり、様子をうかがっていたが、日本橋の加賀屋と聞いてはっとする。相当に手広く商いをしているあの大きな米問屋ではないか。

「先生にお願いにあがりましたのは」

言いよどんで、お妙は軽く溜息をつく。

「お願いにあがりましたのは、わたくしどものひとり息子、市太郎《いちたろう》が手習いに行くと家を出たきり、戻らず行方《ゆくえ》が知れません。心配で心配で夜も眠れず。先生の御高名を頼って参った次第でございます。せがれの行方、どうか先生のお力をもちまして、ご判断くださいませ」

「ほう、お子さんが」

芳斎は煙草盆を引き寄せ、まずは煙管の大きな火皿にたっぷりと煙草を詰める。

「お役に立てるかどうかはわかりませんが、お話をうかがいましょう」

「ありがとう存じます」

「お子さんはおいくつですか」

「十歳になります」

「年端《としは》もいかぬ幼子というわけでもありませんね。で、行方がわからなくなったのはいつですかな」

「はい。五日前、朝に家を出ていったきり、夜になっても帰ってきませんので、手の空いた店の者が近所を探しましたがどこにも見当たらず、翌日からは出入りの鳶《とび》の頭《かしら》や御用聞きの親分にも頼んで探してもらっていますが、いっこうに埒《らち》があきません。川にでも落ちて流されたのか、悪い者にかどわかされたか」

お妙は眼がしらを押さえる。

「それはご心配ですな。手習いの帰りに居なくなった。手習いが終わるのは何刻ですか」

「八つに終わります。その後、他の手習い子たちと遊んだりいたしますので、それでも七つ前には帰っておりました。その日は暮れ六つの鐘が鳴っても帰ってきませんで、あわてまして」

「手習い所はどちらですか」

「うちからさほど遠くない駿河町《するがちょう》にございます」

「手習いへの行き帰り、お店の方が送り迎えはなさらないのですか」

「以前はこのお清《きよ》がいたしておりましたが」

お妙の後ろに控えている小太りの女中が無言で頭を下げた。

「他の子らの手前、奉公人の送り迎えは恥ずかしいと申しまして、今年の春からは、ひとりで行くようになりました」

「ふうん、近頃、なにかいつもと変わったことはありませんか」

「それでございます。その日、暮れ六つになっても帰ってまいりませんので、番頭が手習い所に尋ねにまいりますと、お師匠さんのおっしゃるには、そもそも市太郎は手習いに来ていないと」

「ほう」

「しかも、ここ三日ほど来ないので、風邪《かぜ》でもひいたのかと心配していたところだと」

「奇妙ですな。手習いに行くと言って家を出て、実は三日も休んでいた」

「ふだん通りに家を出て、いつものように帰っておりましたが、手習いに行かず、どこでどうしておりましたのやら、このたびの行方知れずとなにか、つながりがございましょうか」

「うむ。それだけではなんとも申せませんが、他にも、なにか変わったことはありませんでしたか」

「さあ、お清や。おまえ、なにか心当たりはないかえ」

お妙にそう言われて、女中は首を傾げる。

「あたくし、思い当たりません」

芳斎は女中をじっと見つめる。

「お清さん、坊ちゃんの送り迎えを去年までしてたそうだが、おまえさん、坊ちゃんとはいろいろと親しく話をするほうかい」

やはり女中が首を傾げ顔をふせるので、横からお妙が口を挟む。

「わたくしの口から言うのもなんですが、市太郎は幼い頃より、わたくしよりもお清になついているほどで」

お清はあわてて首を振る。

「いいえ、なにをおっしゃいます」

「で、お清さん、坊ちゃんに変わったことがあったとは、特になにも気がつかないんだね」

「はい」

お清はうつむく。

それを横目で見て、お妙が言い添える。

「あ、先生、こんなことはあまりかかわりないかもしれませんが」

「気づいたことがあれば、なんなりとおっしゃい」

「では申しますが、実はこのところ、夕餉をいつもより多く食べるようになりました。食い意地が張るのか、がつがつと、驚くばかりで。そうだよね、お清」

「はあ」

　お清は曖昧にうなずく。

「ほう、夕餉を。お昼はどうしてるんです」

「お清が送り迎えしていた去年までは家に食べに帰っておりましたが、今年からは弁当を持たせております」

「弁当が足りないということでは」

「いえいえ、昼の弁当はとくにいろいろと考えまして、ねえ、お清」

「はい」

「せがれの好物の卵焼きやかまぼこ、たっぷりの飯に海苔を敷き詰め、ときには煮魚や田楽《でんがく》なども添えますが、毎日きれいにたいらげて帰ってまいります」

「卵焼きにかまぼこ、煮魚に田楽、まるで花見のようですな。それを毎日とは、結構なお弁当ですね。それでも夕飯にまたたらふく。坊ちゃんはよほどからだが大きいのですね」

「いえいえ、どちらかといえば小柄なほうですが、今が育ちざかりなのでございましょう」

芳斎はふうっと、口から煙を吐く。

「他に変わったことは」

「ああ、そういえば、このところ、ぼんやりしているのか、よく物をなくします」

「とおっしゃいますと」

「手習いの筆や硯をなくしたと。それでまた新しいのを買って与えるのですが、それをまたなくしたり」

「筆や硯は上等のものでしょうか」

「はい、幼い頃からいいものを身の回りに置くことが大切と、常日頃、主人も申しますので」

「なるほど。他には」

「そうそう、このところ、手習いのあと、遊びまわって、転ぶのか、よく怪我をして帰ってまいります」

「元気がいいのですね」

「どちらかというとおとなしい子ですが」

「お清さん、おまえさん、坊ちゃんの怪我に気がついていたかい」

　お清は考え込んで首を振る。

「いいえ」

「ふうん、なるほど」

「先生、市太郎はこの五日の間、どこでどうしているのでございましょうか。ぜひとも、千里眼のお力でせがれの居場所を見つけてくださいまし」

　芳斎は煙管を煙草盆の灰落としに軽く叩きつけ、しばし腕組みをする。

「おかみさん、お話をうかがって、だいたいのところはわかりました」

「えっ、それでは、市太郎は」

「はい、坊ちゃんは、川に溺れてもいなければ、かどわかされてもいない。無事だと思いますよ」

「まあ、あの子が無事。本当でございますか」

「本当ですとも、ねえ、お清さん、そうだろう」

　いきなりそう言われて、お清は震えあがる。

「せ、先生」

「もう心配いらない。おまえさんの忠義はよくわかった」

「おそれいります」

「さ、これ以上は隠し立てしなくっていいよ」

芳斎とお清のやりとりを聞いても、お妙はわけがわからない。

「隠し立てってなんだい。お清、どうしたの。いったいどういうわけだい」

「申しわけございません」

その場にひれ伏すお清を見て、芳斎は満足そうにうなずく。

「おかみさん、わたしから申しましょう。坊ちゃんは無事です。お清さんは坊ちゃんの身を案じて、匿《かくま》っているのです。坊ちゃんは、手習いへ行くのがいやで、おそらくは、どこか、家の中にでも隠れているんじゃないかい」

お清は平伏したままうなずく。

「先生のご心眼、感服つかまつりましてございます。おおせのとおり、坊ちゃんはあたくしの女中部屋の押入れにお隠れでございます」

「なんだって」

お妙は金切り声をあげる。

「お清、おまえ、いったい、なんだってそんなこと」

お妙の前に手をついて、お清は畳に額をすりつける。

「どうかお許しくださいまし。今年になって、坊ちゃんがやけに元気がない。いつも沈んだようで、いったいどうしたのかと、あたくしが尋ねてみましても生返事。そのうち、筆や硯をなくしたり。賢い坊ちゃんがそんな粗忽《そこつ》な真似をするのも妙だ。夕飯までにお腹が空いてがまんできない。お弁当をたっぷり作っているのに、これもおかしい。そして、怪我です。ただ転んだにしては変ですから、よく見ると、からだのあちこち、あざやら抓《つね》られたような痕もあります。そこであたしも黙っていられなくて、つよく問いただしますと、坊ちゃんが泣きながら、手習い所でいじめられていると」

「なんだって」

「他の手習い子たちが坊ちゃんに辛くあたる。仲間はずれにしたり、からかったりしたそうです。坊ちゃんは他の子よりもいつも贅沢な着物を着て、筆や硯や持ち物も贅沢、弁当もごちそうたっぷりの贅沢、先の御改革で贅沢はいけないというお触れが出ました。お触れそのものはすぐに沙汰止みになりましたが、贅沢を妬《ねた》む気持ちは世間にあって、手習い子たちは、坊ちゃんのことを、だれが言い出したのか、今年になって贅沢禁止御禁制、贅沢禁止御禁制と面白半分にはやしたてる」

「まあ」

「はじめのうちは相手にしなかった。すると向こうはどんどん強気になって、とうとう乱暴する。持ち物を取り上げる。お昼の弁当まで食われてしまう」

「まあ、それであの子、毎日お腹を空かせていたのかい」

「はい」

「おまえ、気づいたときに、どうしてすぐ、わたしに言わないの」

「坊ちゃんから固く口止めされておりました」

「だからといって」

「いじめっ子の親分格が、おまえのところは金持ちだから、家に小判がごろごろしてるだろう。親に黙って持ってこい。持ってこなきゃ、みんなで半殺しにするぞ。親に言いつけたら、おまえ、命はないと思え」

「まあ、まあ、なんて恐ろしい。子供のくせに、まるでごろつきの強請りたかりじゃないか」

「いくらなんでも店のお金を持ち出すなんてできません。それで、もう手習いには行けない。行くふりをして、そっと帰ってきてたんですが、いじめっ子たちがお店の周りをうろうろしている。もう外へ出ることもかなわないとなって、この五日間、あたしが押入れに匿っておりました。この通り、お詫び申します」

お清はその場に泣き崩れる。

「ええい、憎らしい。悪餓鬼《わるがき》どもめ。うちの大事な市太郎をそんなひどい目にあわせるとは」

お妙は目を吊り上げる。

「かくなる上は親分にお願いしてお縄にしてもらいましょう。子の悪事は親も同罪。その子らを親ともども、お奉行所のお白洲《しらす》へ。お清、おまえ、市太郎をいじめた悪餓鬼どもの名前はわかっているんだろうね」

「ちょっと、お待ちなさい」

芳斎が止める。

「おかみさん、ことを荒立ててはいけません」

「ですが、先生、わたしはもう我慢なりません」

「ご立腹はごもっともだが、しょせんは子供の喧嘩です。親が出て、御用の筋でお白洲となれば、ちと厄介なことになります」

「承知の上です。その悪餓鬼ども、懲《こ》らしめなければ、絶対に許せません」

「ですがね。そんなことになったら、加賀屋さんの暖簾に瑕《きず》がつく。お店《たな》にどんな災いがふりかかるか」

「災いとおっしゃいますと、どんな」

「うーん」

芳斎は目を閉じ、しばし考え込む。

「いじめっ子たちは坊ちゃんの持ち物を取り上げたり、弁当を食ったり。これは盗みにあたります。また、乱暴を働き怪我までさせている。その上、金を持ってこいなどとは大胆な強請りです」

「だからこそ、お縄にしなければ」

「うむ。表沙汰になりお白洲でのお裁きとなれば、ただのお叱りですむかどうか。お裁き次第では子の罪は親の罪、いじめっ子の親たちは家財没収、江戸追放、重ければ遠島にもなりかねない。となれば、路頭に迷う者、島流しで命を失う者も。おかみさん、それでもいい気味だと思われますか」

「さあ、そこまでひどいお裁きは」

「いえいえ、今のお奉行、鳥居甲斐守《とりいかいのかみ》様、大変手厳しいお方とうかがっております。御改革の折にはちょっとした贅沢を咎《とが》められ、牢に入れられ、牢内で亡くなった者も数知れずとか」

「はあ」

「もしそうなれば、加賀屋さんは大変な恨みを買いましょう。金の力にものを言わせ、子供の喧嘩に親がしゃしゃり出て、相手を親子もろとも滅ぼしたとあっては。人の恨みほど恐ろしいものはありませんぞ。どんな祟《たた》りがあるやら」

「そんな。そこまで相手を陥《おとしい》れる気はありません」

千里眼の先生に言われて、お妙はたじろぐ。

「そうでしょう。わたしは穏便にすませることをお勧めします」

「どうすれば、よろしいでしょうか」

「思うに、一番いいのは、今の手習い所をやめることです。江戸には他にもいっぱい手習い所はありますよ。いじめへの意趣返《いしゅがえ》しは考えず、いやなことは、一刻もはやく忘れるに限る。坊ちゃんは今十歳とおっしゃいましたな。あと五、六年もすれば、大店加賀屋のいい若旦那だ。十年もすれば、大身代《おおしんだい》を背負って大道を大手を振って歩くのは坊ちゃんです。束になって坊ちゃんをいじめていた連中は、道ですれ違ってもへらへらぺこぺことへつらうか、こそこそ小さくなって隠れるかです」

「はあ、たしかに」

「長い目で見ればいいのですよ。そこで、もうひとつ」

「はい」

「いじめられて女中部屋の押入れに隠れていたというのは世間体《てい》が悪い」

「ああ、ほんとですね。そんな噂が流れると、市太郎、またいじめられるかも」

芳斎はにやりと笑みを浮かべる。

「どうでしょう。数日の間、神隠しにあっていた。そういうことになさってはいかがですかな」

「おお、神隠し。それはよいことをうかがいました。そういたしましょう」

お妙は大きくうなずく。

「それからですね、おかみさん。くれぐれもこのお清さんを咎めてはいけませんよ」

お清はひれ伏し小さくなって、小太りのからだをさらに縮める。

「坊ちゃんを大事に思う忠義一途《いちず》から出たことですからな」

「はい、わかっておりますとも。お清、ありがとうよ。市太郎を悪餓鬼どもから守ってくれたおまえの気持ち、うれしく思いますよ」

「あたくしこそ、出過ぎた真似をいたしました。どうか、お許しくださいませ」

加賀屋の女房と女中は泣きながら手を取り合い、芳斎に礼を述べて帰っていった。

それから数日後のこと、梅花堂の前がなにやら騒がしい。

不審に思ったお寅が覗いてみると、若い手代や小僧、そろいの印半纏《しるしばんてん》の鳶の者たちを従えた立派な身なりの商人が梅花堂の前で挨拶する。

「ごめんくださいまし。わたくし日本橋本町の加賀屋宗兵衛と申します。こちらの鷺沼芳斎先生にぜひ、お目通り願います」

あわてて、お寅は加賀屋を招き入れ、二階の芳斎に伝える。

のっそりと降りてきた芳斎に加賀屋宗兵衛は深々と頭を下げる。

あまりのものものしさに、いつしか店の表には物見高い近隣の者、湯島天神へ参詣の者たちで人だかりができている。

「このたびは、女房が無理やりおじゃましまして、先生におすがりすることができ、神隠しにあっていたせがれ市太郎が無事に戻りました。これほどありがたいことはございません。加賀屋宗兵衛、心より御礼申し上げます。物事の奥の奥まで見通す先生の神通力、千里眼とはまことに広大無辺《こうだいむへん》、恐れ入りましてございます。これは心ばかりの品、このたびの御礼とお近づきのしるし」

宗兵衛の指図で手代と小僧がそれぞれ、白木の三方《さんぼう》の鯛《たい》、餅《もち》、野菜などをうやうやしく芳斎に差し出す。印半纏の鳶の者たちが大きな酒樽や米俵を担《かつ》ぎ入れる。

「せがれが神隠しより見つかった祝いの品々でございます」

芳斎は三方の鯛や餅、大きな酒樽や米俵に目を瞠《みは》る。

「こんなにしていただいては、痛み入ります」

「いえいえ、どうかお納めを」

「さようでございますか。坊ちゃんはその後いかがです」

「はい、元気にしております。しばらくは家で遊ばせ、おいおい、別の手習い所でもと思い、女房と相談しておるところで」

「それはよかった。ですが」

芳斎はお寅と顔を見合わせる。

「おかみさん、このお酒はとても飲みきれないね。近所のみなさんにも飲んでいただきましょう」

「はい、そういたしましょう」

加賀屋は満足そうにうなずく。

「おお、さすが、鷺沼芳斎先生、よいお考え。それと、これは些少《さしょう》ではございますが」

些少といいながら、ずっしりと重い金包み。名高い豪商だけあって、金子《きんす》が五十両であった。この一件で梅花堂の二階の先生、千里眼の鷺沼芳斎の名は江戸中に知れ渡ったのである。

第二章　目利き指南

一

「おとっつぁん、これからはこの俺がおっかさんを助け、梅花堂を立派に守ってみせます。どうぞ、安心して成仏《じょうぶつ》しておくんなさい」

仏壇に手を合わせる和太郎を見て、母親のお寅は溜息をつく。

「なに言ってんだい。一年以上経ってるんだ。とっくに成仏してなさるよ。おまえ、ほんとに親不孝だねえ」

「へへ、違えねえ」

悪びれもせず、お寅が用意してくれた飯をがつがつ食いながら、自分が不在中の出来事、一年前に父金兵衛が箱根から帰ったとたんに亡くなったいきさつ、そのあと梅花堂へ現れた浪人鷺沼芳斎が店の二階に居候し、失《う》せものや尋ね人を言い当てる眼力で今や大変な評判となっていることなど、あれこれと聞く。

たっぷり食って腹もくちくなったので、とりあえずは薄汚れたこの身をきれいさっぱりしたいと、ぞろっとした浴衣《ゆかた》に着替えて、町内の湯屋《ゆうや》へ行く。

「ああ、いい湯だなあ」

思わず声が出た。

夕暮れ前で、客はまばらだった。湯舟に肩までどっぷり浸かり三年間の旅の垢《あか》を落とす。熱い湯の中でほぐすと、挫《くじ》いた右足の痛みもやわらいだ。

やっぱり湯屋は江戸に限る。三年間、あっちへふらふら、こっちへふらふら、気ままな旅を続けたが、最後の最後でけちがつき、下総で飯岡《いいおか》と笹川《ささがわ》の争いに巻き込まれ、ひどい目にあった。

命からがら江戸に舞い戻って、実家の梅花堂が潰れずに商売を続けていたのはうれしいが、父の金兵衛が一年も前に亡くなったとは。小さい頃はよく殴られ怒鳴られ、小言ばかり言われたが、死んだとなると残念でならぬ。喧嘩して家を飛び出し、ひとつも孝行らしきことをしなかった。親孝行したいときには親はなしとは、よく言ったものだ。

それにしても、鷺沼芳斎と名乗る浪人、いったい何者であろうか。ろくろく挨拶もしないうちに二階に上がって姿を見せない。会ったとたんに、いきなり「お帰り和太郎さん」と名前を呼ばれた。それればかりか下総帰りというのも見抜かれた。失せものや尋ね人を言い当てる千里眼《せんりがん》でけっこう稼いでいるらしい。どうにも胡散臭《うさんくさ》くて気味が悪い。

和太郎は心配する。庇《ひさし》を貸して母屋《おもや》を取られる話は世間によくある。店の暖簾《のれん》をくぐるのが千里眼目当ての客ばかりとなると、この先、道具屋としての梅花堂はどうなるのか。

お寅が言うには、和太郎が旅から戻るまでの繋ぎに居てもらっているのだと。もとは絵の修行で諸国を回っていたところ、箱根で金兵衛に会ったのが縁で立ち寄ったが、いろいろあって、二階に滞在しているらしい。

ならば、また修行の旅に出ればいいのだ。

浪人が出ていきさえすれば、父なきあと和太郎は晴れて梅花堂の主人である。竈《かまど》の下の灰までも自分のものになる。そうなれば、この先、安楽に暮らせる。

久々に吉原にも行ってみたい。父親の目を盗んで店の帳場からこっそり金を持ち出し、吉原に入り浸ったのが、そもそも家を出なければならなくなった原因なのだが、喉元過ぎれば熱さ忘れるで、また思いは吉原へと募る。

「へへへ、あの花魁《おいらん》、どうしているかなあ。だけど、浪人、すんなり出ていくだろうか。うちの二階にさえいれば、失せものや尋ね人でけっこういい稼ぎになるそうだし。変なのが居ついちまったよ、まったく」

「おっ、そこでぶつぶつ言ってるのは、梅花堂の和太郎さんじゃないかい」

「えっ」

また知らない男に名前を呼ばれた。ひょっとして俺の顔には和太郎って書いてあるのか。和太郎は湯舟の中でざぶざぶと顔を洗う。

「ああ、やっぱり和太郎さんだ」

湯気の漂う向こうから白髪頭が現れた。

「ええっと、どちらさまでしたっけ」

「おいおい、俺を見忘れたかい。天神下の義平だ」

以前から梅花堂に出入りしている御用聞きの義平だった。

「あ、親分、こいつはお見それしました。どうも、お久しぶりでござんす」

「うん。さっき、そこでお寅さんに会ったら、涙流して喜んでなさった。おまえさん、三年の間、家を出て苦労したそうじゃないか」

「あ、いや、まあ、苦労てほどじゃないんですが。留守中、親分にはいろいろとお世話になりまして」

「なあに。だが、おまえさんが帰ってきて、これからは梅花堂もお寅さんも安心だ」

「今後とも、ひとつ、よろしくお頼み申します」

「うん、それはいいんだが、和太郎さん、おまえ、旅先から一度も便りを寄越さないのはよくないよ。一年前に金兵衛さんが亡くなったのに、おまえさんの居所がわからないんじゃ、知らせようがなくてな」

「その節は、ご迷惑をおかけしました」

「便りのないのは無事な証《あか》しだといいながら、金兵衛さん、ずいぶんとおまえさんのことを心配なさってたぜ」

　返す言葉もない。

「でもまあ、お寅さんがしっかりもんだし、二階の先生もいろいろと商売の助けになってたから、どうにか梅花堂も無事に続いて、おまえさんが戻ってきたなら、もう言うことなしだ」

「あの、ちょいとうかがいますが、二階の先生ってのは、どういう」

「お寅さんから聞いてないかい」

「それが、いろいろと聞いたんですがね。いろいろ聞きすぎて、頭こんぐらかって、いまひとつよくわからなくて。千里眼だとか神通力《じんつうりき》だとか、そんなもんがほんとにあるのかなあって」

「うん」

義平は大きくうなずく。

「芳斎先生はちょいとすごいね。客が訪ねていくと、見ただけで、身分や商売、素性をぴたりと当てる。半年前、日本橋の大店《おおだな》、加賀屋のひとり息子が神隠しにあったのを見つけ出した。それが評判になって、今じゃ失せもの、尋ね人、そんな客が道具の目利きよりも多いってよ」

「はあ、それもおふくろに聞きました」

「実をいうと、俺も少しばかり、先生に知恵を借りたことがあってな」

「へえ、親分、なんか、無くしもんですか」

「俺がお知恵拝借といえば、御用の筋だよ」

和太郎は驚く。御用の筋といえば捕物ではないか。あの浪人、失せものや人探しの他に、そんなことにまで首を突っ込むのか。

「もとはといえば芳斎先生、一年前、梅花堂を強請《ゆす》ろうとした小悪党の正体を見破ったのがきっかけで、二階に居つくことになったんだよ。千里眼との評判だが、物がなくなるとか、人がいなくなるとか、そういうことの裏にはけっこうどろどろした悪事の種がある」

「はあ、悪事の種ねえ」

「半年前の加賀屋の一件からひと月ほどあとのこと、ちょいと奇妙なことが持ち上がってね」

「奇妙、不思議な話ですか」

「不思議というか、血なまぐさい話だ」

「わあ」

「その日は朝早く、医者の玄庵先生にたたき起こされてな。知ってるだろ、池之端《いけのはた》の吉井玄庵先生」

「親父が診てもらってました」

「ちょいと藪《やぶ》だが、根は親切なお人だよ。朝っぱらから一体なんだと思ったら、先生の横に死人みたいに青白い顔の若い男が突っ立ってる。先生が言うには、その男が不忍池のそばに血だらけで倒れているのを見つけて、びっくりして家に連れ帰って手当てをした。右手の親指が刃物で切り取られたのか、なくなって、そこから血が流れてたってんだ」

「へえ、親指がなくなって血だらけ。そいつは血なまぐさい」

「その男、托鉢《たくはつ》の坊さんが持つような頭陀袋《ずだぶくろ》を抱えてたが、中に銭が天保銭《てんぽうせん》でびっしりと詰まっている。わけを聞いても何も言わないので、盗人が仲間割れでもしたのに違いない。そう思って御用聞きの俺のところへ無理やりに連れてきたと」

「へえ」

「玄庵先生はあとは任せたと言って、帰っちまう。名前を聞いても男はなんにも言わない。盗人が手の親指を切り落とされて、夜中に不忍池のあたりまで来て気を失った。そんなところだろうが、番屋に連れて行こうとして、ふと、千里眼の芳斎先生なら、もっと詳しいことがわかるかもしれないと思いついた。もしもこの世に千里眼なんてものがあるのなら、嘘かまことか、この目で見てみたいじゃないか」

「それで」

「芳斎先生、朝飯の途中だったが、いやな顔もせず、俺とその男を二階にあげて、じっと男を見て、手を差し出させる。おまえさん、居職《いじょく》だね。そう言われて男はびくっとした。右手をやられているようだが、おまえ、利き腕が左だから、まあ助かったなと」

「へえ、そんなことを」

「それで、頭陀袋の中の天保銭をあの天眼鏡《てんがんきょう》で調べて、すぐに言い当てた」

「なんて」

「おまえさん、錺《かざり》職《しょく》だろう。この天保銭はなかなかの出来栄えだ」

「へええ、つまり」

「頭陀袋の天保銭は贋金《にせがね》だったのさ。先生に言われるまでは、俺はまるっきり気づかなかったよ。で、先生がいくつか男に問いかけたら、男は恐れ入って、それからぺらぺらと白状した。先生の見立て通り、男は神田に住む勝三《かつぞう》という錺職人だった。腕はいいが仕事にあぶれている。そんなとき、ちょいとした知り合いから手間賃のいい儲け話があると誘われて、三ノ輪《みのわ》の百姓家に連れて行かれた。それが贋金作りの仕事場だったんだ」

「そこで天保銭を作ってたと」

「そうとも。天保銭は一枚で銭百文との触れ込みだったが、評判が悪くて、それでも八十文で通用する」

「一枚八十文か。手間かけて作っても、あんまり割りのいい贋金じゃありませんね」

「そうかもしれないが、まあいいやな。勝三はそんな悪事の仲間入りなんて恐ろしい。

贋金作りは捕まったら死罪、打ち首、獄門だ。そこで、置いてあった天保銭の入った頭陀袋をかっさらって夜中に逃げ出そうとして見つかり、もみあって相手の匕首《あいくち》で親指を切り落とされたが、相手も傷つけ、暗闇の中、田んぼ道を走って逃げて、不忍池で気を失ったと言う」

「つまり、錺職人が贋金作りに誘い込まれて逃げたと」

「俺が御用聞きだと知って、なにも言わずにいたが、芳斎先生にすべて見破られて、恐れ入ったと白状したんだ。そのあとは、三ノ輪での大捕物になるんだがね」

「ふうん、驚いたな、どうも」

「だろう。他にもあるよ。常磐津《ときわづ》の師匠がまだらの腰紐《こしひも》で首を吊った一件の謎を解いたり」

「まだらの腰紐ですか」

和太郎はまだらの腰紐を頭に思い描こうとするが、浮かばない。

「なんにしろ、すごい先生だね」

「ふうん、じゃあ、やっぱり本物の千里眼」

義平はにやりとする。

「と思うだろ」

「いや、別に、よくわからないんで」

「世間じゃ、あの先生を千里眼だと言ってる。なんでもかんでも言い当てるからな。が、俺が思うにあれは千里眼でもなけりゃ神通力でもないね」

「千里眼じゃない。へえ」

「俺は御用聞きだぜ。なんでも疑ってかかるのが商売だ。千里眼とか神通力とか幽霊とか、そんなもんはみんなまやかしだ」

「え、幽霊も」

「おい、和太郎さん、この世に摩訶《まか》不思議なものなんてないのさ。人は死んだら幽霊になんてならない」

「なりませんか」

「うん、死んだらあの世で閻魔《えんま》様に舌を抜かれてそれでおしまいよ。ああ、話し込んだら、長湯でのぼせちまったぜ。じゃあ、お先に」

二

久々の湯に浸かりすぎて、和太郎はのぼせはしないが、なんだかふやけた。

湯上りに一杯やりたいところだが、髪がひどいままだ。月代《さかやき》も髭《ひげ》もちょろちょろで、こんな顔では気が引けて居酒屋の縄暖簾《なわのれん》はくぐれない。いずれにせよ、お寅は和太郎がどこかへふらふら行ってしまわないよう、最初から湯銭しか渡していなかった。しょうがねえなあ。帰ってまた飯でも食うか。

手ぬぐいを肩にひっかけ、和太郎は梅花堂の暖簾をくぐる。

「お帰りなさいませ」

小僧の卯吉が元気な声で迎える。

「おう、今、帰ったぜ」

奥の座敷でお寅と芳斎が向き合って、なにやら話をしている。

「あ、和太郎かい、お帰り。長湯だったねえ」

「湯屋で義平親分に会って、話し込んでたのさ。あの親分、ちょっと見ないうちに頭が白くなってて、最初だれだかわかんなくてさ。ああ、それより腹減った。おっかさん、晩飯は」

「お湯に行く前に、あんなに食べたじゃないか」

「三年分の垢が落ちたら、また腹がへこんで」

「馬鹿なこと言ってないで、いいから、ちょいと、こっちへお座り」

和太郎、座敷にあがり込む。

「おまえ、芳斎先生にちゃんと挨拶してなかっただろ」

「あ、いけね」

和太郎は改まって畳に手をつく。

「ええ、当家のせがれ、和太郎と申します。あたしの留守中、いろいろとお世話になったそうで、ありがとう存じます」

芳斎は鷹揚《おうよう》にうなずく。

「なあに、わたしこそ、こちらには大変お世話になってしまって。鷺沼芳斎と申す。よしなに」

「あの、お目にかかったばかりでつかぬことをうかがいますが」

「なんだね」

「以前、どこかであたしと会ったこと、ありましたっけ」

「いや、今日が初めてだが」

「そうですよねえ。じゃあ、どうして、会ってもいないあたしの名前がわかったんです。世間じゃ先生の千里眼が評判になって、いろいろとお客が訪ねてくるそうですが、千里眼ってのは本当なんですか」

「これっ、和太。いきなりなんてこと言うんだい。先生に失礼じゃないか」

芳斎は笑う。

「いやいや、おまえさんはどう思うね」

「今日、江戸に戻ったばかりのあたしの名前、ぴたりと言い当てなすった。正直、驚きました」

「なるほど、そのことなら、実はなんでもないよ。おまえさん、とてもわかりやすい」

「というと」

「店の前を行ったり来たりしながら、暖簾の隙間からこっちをちらちらと何度も覗いている男がいる。この家になにか用があるのに、入り辛いんだろうか。そこで声をかけたら、片足をひきずりながら入ってきた。すりきれた道中合羽の旅姿。中肉中背、というよりちょっと小太り、顔は愛敬のある丸顔。歳の頃は二十そこそこ。すぐに三年前に旅に出たきり帰ってこないこの家の息子、和太郎さんだとわかった」

「へえ」

「まあ、顔を見ればすぐにわかる。子は親に似るというが、おまえさん、顔も姿かたちも金兵衛さんにそっくり生き写しだ。あまりにもわかりやすくて、面白くもなんともない」

　横でお寅がうなずく。

「ほんとに和太、おまえ、おとっつぁんに似てきたねえ」

「いやだなあ、おっかさん。よしてくれよ。じゃあ、先生、あたしが下総帰りってのはなんで」

「言っちゃ悪いが、見るからに無職渡世のようだし、言葉使いも荒々しい。おかみさんから息子が博奕《ばくち》打ちの真似事をして困っているとも聞いていた。江戸の博奕打ちは三年前の御禁制の際、多くが上州か下総へ流れたそうだ。おまえさんもその頃、旅に出たのだろう。旅の渡世人にしては破れ笠ひとつ被らず、道中差しもないようだ。足を引きずっているのは挫いたのだろうが、旅姿の汚れ具合からして、これは喧嘩出入りで笠も道中差しもなくして、命からがら逃げてきた。そういえば、下総で博徒の争いがあったと書かれた瓦版《かわらばん》が出たばかり。旅の渡世人はたいていそういうところに集まるから、おまえさんもそうじゃないかと、当たりをつけたんだ。当たってたかね」

　和太郎は息を呑む。大当たりだ。

「おっしゃる通りです」

お寅が目を吊り上げる。

「和太っ、おまえ、そんな危ない真似をしてたのかい」

「いや、行きがかりで草鞋《わらじ》を脱いだのが飯岡の助五郎《すけごろう》って親分で、間《ま》の悪いことにしばらくして笹川と出入りになってね。危ないのはいやだから逃げ回ってるうちに足を挫いたんだが、なあに、心配はいらねえよ」

「ほんとに馬鹿だよ、おまえは」

和太郎は考える。なるほど、言われてみれば、芳斎に名前や下総帰りを言い当てられたのは筋の通った話である。湯屋で義平親分が言っていたように千里眼でも神通力でもないのだ。だけど、言われるまでは、やっぱりわからない。とすると、常人が気がつかないような細かいところに筋道立てて理詰めで見抜いていくのか。なるほど、こいつは只者ではないぞ。

「和太、喜ぶがいいよ」

「なんだい」

「先生がね、おまえが無事に帰ってきた以上、ご自分はもうお役御免だから、ここを出ていくとおっしゃるんだよ」

「へええ」

「もとはといえば、絵の修行で諸国を回っておられたのを、あたしが無理やりお引き止めして、おまえが帰るまでの間、一年も二階にいてもらったわけだし」

和太郎はほっと胸を撫でおろす。浪人は自らここを出ていく。案ずるより産むがやすしとはこのことだ。

「そうでしたか。先生、長い間、お世話になり、ありがとうございました。お礼を申し上げます。で、ご出立はいつ」

「なに言ってんだい。話は最後まで黙ってお聞き。先生はご出立なさるとおっしゃったんだが、心配なのはおまえのことだ」

「俺の」

「そうだよ。おとっつぁんが亡くなったからには、おまえがこの梅花堂の主人だ」

「ふふふ、そうなるね」

「なに笑ってんだ。おまえは子供の頃から道具屋の仕事を嫌って、家に居つかず、商売のことは全然覚えようとせず、茶碗と猪口《ちょこ》の区別もつかないじゃないか」

「それぐらいわかるよ」

「なんの役にも立たないおまえが主人では、この先が思いやられる。そこで、あたしは先生にお願いしたのさ」

「なんて」

「もしお急ぎの旅でないならば、いましばらく、ここに留まっていただき、おまえに道具の目利きのご指南、お願いできないかと。せめておまえが腰を落ち着け、商売に身を入れるようになるまでの間だけでもと」

和太郎はあわてる。

「おっかさん、なにを言い出すんだよ。これから修行の旅に出ようとなさる先生にそんな無茶な頼みがあるかい。先生には先生のお考えがあっての門出だよ。一年も足止めしておいて、その上これ以上、ご迷惑じゃないか。いい加減にしな。心配しなくたって、俺はちゃんとやるよう」

「でもね、和太、喜びな。先生は、そういうことならばと目利きのご指南、快くお引き受けくださったんだよ。もうしばらくは二階に留まって、おまえにいろいろとご伝授くださるから」

芳斎はうなずく。

「ときに和太さん」

芳斎から和太さんと呼ばれて、和太郎はぽかんとする。子供の頃から父や母には和太と呼ばれた。渡世の旅先では和太っぺと呼ばれることもあった。が、初めて会ったばかりの浪人者に馴れ馴れしく和太さんと呼ばれるのはなんとも変な感じなのだ。

「は、はい」

「おまえさん、いくつになんなさった」

「ええっと、家を出たのが十九のときで、三年前だから、今は二十二です」

「二十二、すると、未歳《みどし》か」

「ええ、それがなにか」

　芳斎は鋭い目で和太郎の顔をじっと見る。

「未は気性が穏やか、人当たりがよくて、周りの者とも上手《じようず》に付き合う。お客様相手にものを売り買いする商売には向いているよ。だが、言いたいことを言わないで、内にため込むところがある。好きなことには一所懸命打ち込むが、それ以外はおざなりだ。飽きっぽい」

　和太郎は目を丸くする。思い当たることばかりなのだ。

「二十二ならば、まだ間に合うよ。道具の良し悪しは、本当は子供の頃から目で見て手に触れて覚えるのが一番なんだが、やる気さえあれば今からでも遅くはない。どうだね、和太さん、おまえさん、本気でこの商売を継《つ》ぐ気はあるのかい」

　和太郎は大きくうなずく。

「ええ、そのつもりで帰ってきたんで」

「よし。ならば、店にある品物、書画、茶道具、人形、刀剣、なにがなにというように一通り覚えることだよ」

「はあ」

「おかみさん、思えばこの一年、私は一度も絵筆を持ちませんでした。絵師が一日絵筆を持たねば技量が落ちたのが自分でわかる。二日持たねば他人様《ひとさま》にわかる。一年持たねば、筆の持ち方さえ忘れてしまう。忘れついでに、もう少し、こちらでご厄介になりますので、どうかよろしく」

お寅はそっと目頭《めがしら》を押さえる。

「先生、ありがとう存じます」

「目利きについては、わかることは伝授しましょう。が、商売のことはわたしにはわからない。そっちはおかみさんにお任せします」

「はい、どうかよろしくお頼み申します。よかったね。和太」

和太郎は仕方なく、頭を下げる。

「はあ、そういうことなら、よろしく」

「おまえ、明日から心を入れ替えて真面目に働くんだよ。目利きのことは先生にお願いするとして、店のことでわからないことがあれば卯吉に聞くがいい。うちの人によく仕込まれて、たいてい、あたしよりもわかってくれてる」

お寅は店先を掃除している小僧の卯吉に声をかける。

「卯吉」

「へーい」

「これからはこの和太郎が旦那様だ。承知しておくれ」

「へーい」

「それから、旅から戻ったばかりで、商売のことも品物のこともなんにもわからない。おまえが一から教えてやっとくれ」

「へーい。旦那様、どうぞご遠慮なく」

ちぇっ、だれが小僧に遠慮なんかするかい。

三

和太郎は朝から髪結床《かみゆいどこ》で頭も顔もきれいになって、父親の形見の着物と帯、紺《こん》の前掛け、昨日までの旅の渡世人とは大違い、格好だけは立派なお店者《たなもの》に見える。店の帳場に座って、父金兵衛の残した帳面を眺めながら、うんざりしている。

なんだか、面倒臭いことになっちまったぜ。

竈《かまど》の下の灰まで自分のものだと思っていたら、そうたやすくはいかない。この分では吉原も夢のまた夢、遠くなりそうだ。

父の金兵衛は丁寧な帳面を残してくれたが、細かい字で書かれた品を一通り頭に入れろと言われても、そう易々《やすやす》とはいかない。子供の頃は手伝わされるのがいやで、いつも逃げていた。そのつけが今、回ってきたのだ。

「おい、卯吉」

「へーい、旦那様」

和太郎の頬が少し緩む。旦那様と呼ばれるとやはりうれしい。

「おうっ、ちょいと聞くがな」

「なんでしょう」

「おめえ、この家に奉公に来て、どれぐらいになるんだ」

「あたしがご当家へ参りましたのは、旦那様が先《せん》の旦那様と大喧嘩して旅に出なさったすぐあとですので、三年ほどになります」

和太郎は顔をしかめる。

「てめえ、歳はいくつでえ」

「はあ」

「あっ、いけねえ」

卯吉が変な顔をしたので、和太郎は思わず口を押さえる。つい昨日までの旅の渡世人の乱暴な口調が残っていたのだ。今後は商人として、口の利き方に気をつけねばなるまい。

「いや、おまえ、歳はいくつだい」

「十四でございます」

「ふうん、この店にある品物、おまえ、だいたいのところ、なにがなにか、わかってるのかい」

「はい、たいていは」

「この帳面にある南部鉄瓶獅子紋《なんぶてつびんししもん》、イの八番ってのは、どれだい」

「それでしたら、こちらでございます」

和太郎は卯吉が指し示す棚まで行く。そこに茶器がいくつか並んでおり、黒い鉄瓶が置かれている。

「ほう、これがイの八番かい」

「いえ、イの八番というのは符丁《ふちょう》でして」

「符丁」

「お店の棚はイロハの順になっておりまして、この棚がイ。で、品物にもそれぞれ番が振ってあるんで」

子供の頃、店を手伝わされたときのことを、和太郎はなんとなく思い出していた。

「高麗《こうらい》の手鏡、ホの三番は」

「これでございます」

「檜《ひのき》の大黒《だいこく》、への五番」

「こちらです」

「大黒様がへかい」

「へい」

「まあいいや。おまえ、二階にある道具類もだいたいわかるのか」

「一通りは。でも、二階には値の張る品や刀の類《たぐい》が置いてありまして、たいていお得意様のご注文に合わせて用意いたします。一見《いちげん》のお客様は、お店の棚に並んであるものをご覧ですので」

「だいたいの品物がわかるって言ったが、全部憶えるのにどれぐらいかかった」

「さあて、十一で奉公にあがって、まず半年はかかりましたか」

「半年かあ」

溜息をつく和太郎。

「でも、旦那様。今は世の中不景気ですから、お得意様も以前ほどいらっしゃいませんし、天神様のお参りに行き帰りの一見《いちげん》のお客様もさほど多くありません。品物はおいおい、ゆっくりとお調べになればようございますよ」

「客は減ってるのか」

「年末年始、初天神、それに梅の時節はそこそこに繁盛いたします。あとは年に四回の富くじのとき、そりゃもう大変なにぎわいでしたが」

和太郎もそれはよく覚えていた。湯島天神の富くじは谷中《やなか》の感応寺《かんおうじ》、目黒《めぐろ》の瀧泉寺《りゅうせんじ》とともに江戸の三富《さんとみ》と称される大きな富くじだったのだ。天満宮への参詣人が多ければ、店にぶらりと立ち寄る客もその分多くなる。

「でも、旦那様、天神様の富くじがなくなってから、お客様も滅法《めっぽう》少なくなって」

「え、富くじ、今やってないのか」

「例の御改革で御禁制となったままです。こんな不景気なご時世のほうが、一攫千金《いっかくせんきん》を狙う輩《やから》が増えて富くじは人気なんですがねえ。もったいない話です」

卯吉はまだ前髪の小僧ながら、やけに大人びた口を利く。

それにしても、御改革のあおりで富くじまでがなくなったとは、やはり今の江戸は三年前の江戸とはまるきり同じではなかった。


和太郎がのっそりと階段を上ると、芳斎は煙草《たばこ》をすぱすぱやりながら、書見台で本を読んでいた。

「どうだい、和太さん、少しは慣れたかい」

にっこり笑いながら、煙管を煙草盆に叩きつける。太めの雁首《がんくび》にまるで猪口のような大きい火皿、大きめの灰落としがぱーんといい音を立てた。

「さあ、まだ初日なのでねえ。なんとも」

「ほう、さっぱりしたじゃないか。昨日の落ち武者とは大違い。立派な商家の旦那に見える」

「いやだなあ」

ちらっと見ると、書見台の本は和書でも漢籍でもなく、滑稽な絵の描かれた黄表紙だった。

「それより、先生、すいませんねえ。あたしのために旅立ちを遅らせていただいて。

なんとか頑張って、一日も早く、一人前になる覚悟です。どうかよろしくお頼み申します」

「うん、今日はいい天気だしな。絶好の旅立ち日和《びより》か。と言いたいところだが、なあに、おまえさんが気にすることはないよ」

いつ出てってくれるのか、大いに気にするところではある。

「絵の修行といったって、別にあてがあるわけじゃない。それにこの二階は物置というより宝の山、金兵衛さんが集めた書画や道具類に囲まれて、本を読んでいれば、これはこれでいい修行になる」

芳斎はにやにやしながら書見台の黄表紙を長い指先でめくる。

「先生、一年も絵筆を持たなかったとか」

「それだよ。唐土《もろこし》に弓の名人の話があるが、知ってるかい」

和太郎は首を傾げる。

「さあ、知りませんねえ」

「ある男が弓の名手になりたくて、あらゆる修練を積んで、山に住む名人に会いに行く。すると、名人が男の持ってる弓を見て言うんだ。そんなものを使ううちは、まだまだ修行が足りないと」

「で、その名人がぐっと空を見上げると、見ただけで鳥が落ちてくる」

「まさか」

「男は山にこもって、その名人のもとで修行し、後に天下一の弓の名手として名をあげた。あるとき、金持ちの家に招かれて、そこに置いてあった道具を見て、はて、と考え込む。昔見た憶えはあるような。それはいったい何ですかな」

「なんだったんです」

「それが弓だったのさ」

「うへえ」

和太郎は半ば呆れて口を歪める。

「天下一の名高い弓の名手が弓という道具のことを憶えていなかった。その話が唐土中に広まって、楽師は管弦を隠し、絵師は絵筆を持つことを恥じたと」

「ええっと、じゃあ、先生が一年の間まったく絵筆を持たなかったのは、その唐土の名人を真似て」

「いや、そんなだいそれたことは思っていないが」

芳斎は再び煙管に煙草を詰める。

「へえ」

「ともかくね、しばらくは絵筆のことは忘れてもいいかと」

こうなれば一日も早く目利きの極意を教わり、名実ともにこの梅花堂の主人にならねばならぬ。今は湯屋に行くにも髪結床に行くにも、母のお寅からわずかな銭をもらう始末なのだ。

「じゃあ、先生、手っ取り早く、目利きのやりかたってのをね。ささっと教えてもらえませんか」

芳斎はゆっくりと顎《あご》を撫でる。

「うーん、手っ取り早くといってもなあ。まあ、いい品物をたくさん見る。それで目が肥える。すると、いい悪いの見分けがつくようになる。そう一朝一夕《いっちょういっせき》にはいかないよ」

「そうでしょうけど、そこをなんとか」

「だが、おまえさんはこの家で生まれ育ったんだろ。金兵衛さんは相当の目利きだったようだ。この家にはいいものがたくさんそろっている。それを子供の頃からずっと見ていたのなら、素養はあるはずだが、どうだい。この二階にあるのはどれもたいした値打ちの品ばかりだ。見ているだけで目が肥えるはずだがねえ」

和太郎は道具類の棚を見渡して残念そうに溜息をつく。

「それが、どうも駄目なんで」

「どうして」

「あたしはね、子供の頃から親父が苦手というか、怖くてね。この二階へ上がるのが、いやで、いやで。ですから、あたしにとって、ここはあんまり居心地のいい場所とはいえません」

「ほう」

「なにしろ、すぐぶたれるし、あたしはいつもびくびくしてました」

「あの金兵衛さんが」

「外面《そとづら》はいいんですよ。お客様には愛想がいいし。それにおふくろはあの通りだから、なにか言うと、十倍言い返される。とても手を上げるどころじゃない。そこで幼いあたしにとばっちりがきたんでしょうが」

「そうはいっても、少しは店を手伝ったりしたんだろ。道具の区別など、金兵衛さんに手ほどきされたんじゃないのかい」

「とんでもない。そりゃ、子供の頃は手伝わされましたがね。親父は十のところ一しか言わない。指図されてもわからないから、おとっつぁん、それはどうすればいいんでしょうか。聞きますよ。すると、いきなりごつん、そんなこともわからないのかと。

こっちはわからないから聞いてるんです。素直にこうしろ、ああしろと教えてくれりゃいいじゃないですか。なにか聞くたびに必ずごつんだからねえ。これが痛いのなんの。いやにもなりますよ」

「まあ、父親なんて、多かれ少なかれ、そんなものかな。わたしの父はお城勤めのお抱え絵師だが、絵のことはなにも教えてはくれない。子供の頃から描いた絵を見せても一度だって褒められたことはないよ」

「へえ、先生もそれがいやで旅に出たと」

苦笑する芳斎。

「まあ、そんなところか」

「たとえばね、あたしの目の前に親父がこう、ふたつの茶碗を並べて、どっちがいいかと聞くんですよ。ひとつは絵のごちゃごちゃついた茶碗、もうひとつは貧相でお粗末な茶碗。どっちもそんなにいいと思わない。けど、選ばないと叱られるんで、絵のあるほうをこっちと。すると親父、どうしてそっちがいいんだと問い詰めてくる。なんとなく選んだだけでね、別にどっちでもいいんだ。うーん、うまく言葉が出ない。するとごつんだよ。絵のあるほうは安物で、お粗末なほうが名のある茶碗でひとつ十両もするってんですからね。そんなのわかるわけないや」

「見る目を養うということだな。金兵衛さんはおまえさんにそれを教えたかったんじゃないか。絵のごちゃごちゃした茶碗はすぐ飽きるが、一見粗末な茶碗をじっくり見ると、だんだん値打ちがわかってくる。見れば見るほど味わいが深くなる」

「へええ、そんなもんですかねえ」

「うまくおまえさんに伝えられなくて、歯がゆかったのかもしれん」

「それでごつんじゃ、割りに合わないや」

思い出すのも不快である。

「金兵衛さんは優れた目利きであり、たいそうな物識りだった。この書物の棚、なかなかすごいよ。蔵書を見れば、その人となりがわかる。わたしは箱根の湯治場で一度会っただけだが、あのときは意気投合してね。三日ほど続けて酒を酌《く》み交わし、書画から戯作や芝居の話まで尽きなかったよ。酸《す》いも甘いも嚙み分けた通人《つうじん》というのはあの人のことを言うのだろうなあ。おまえさんは金兵衛さんの血を引いている。精進すれば、いずれ目利きの腕も上がるだろう」

「通人かどうか知りませんが、結局、酒で命を縮めたんですからね。世話ないや」

「金兵衛さん、言ってたな。あなたのようなお若い方とこうして盃《さかずき》を傾けながら四《よ》方山《もやま》話《ばなし》をしていると、気持ちが若返ってうれしゅうございますと。ひょっとして、おまえさんと飲みたかったんじゃなかろうか」

「それはないや。あたしは一度だって親父と酒なんて飲みたいと思ったことありません」

きっぱりと言いきる和太郎を見て、ふうっと煙を吐く芳斎。

「わたしも父とは酒を酌み交わしたことなどないが」

遠くを見るような芳斎の目つきに、和太郎はいささかうんざりする。

「先生は昨日、初めて会ったあたしの名前や下総帰りを言い当てなさいましたが、ここに来るお客の素性を次々と当てるというのも、それですか」

「当たるも八卦《はっけ》、当たらぬも八卦だから、全部が全部当たるとは限らない。が、じっくりと見通せば、いろんなことがわかる」

「見ただけで」

「いや、ぼんやり見るのと、じっくり見通し見極めるのとは違うんだ」

「違いますか」

「人はだれでもものを見ているが、たいていはぼんやりと見るだけで、じっくりと見通し見極めるなんてことはしない」

「しませんかねえ」

「そうとも。たとえば、おまえさん、今、下からこの二階に上がってきたろう」

「はい」

「上がるときは階段を見てるだろう」

「ええ、目えつぶっちゃ、危ないから、そりゃ、見てます」

「階段の数は何段ある」

「え、なんです」

「だから、段の数だよ」

「ええっと、さあ、わかりません」

「この家で生まれ育ったおまえさんが、しょっちゅう、数えきれないほど見てきた階段、何度上がったり下りたりしたことか。なのにその数がわからない。それはただぼんやり見ているだけで、じっくり見通し見極めていないからだ」

和太郎は首を傾げる。階段をじっくり見通し見極めて何段あるのかいちいち数えながら上がる酔狂《すいきょう》な野郎なんているのだろうか。

「道具の目利きもそれと同じことだよ。品物をただぼんやり見ているだけではなにもわからない。が、じっくり見通せば、値打ちがわかってくる。そのためにも目を肥やさなければならないんだ」

「じゃ、先生。うちの階段の数、何段あるんです」

「おい、和太さん、なんでもかんでも人に聞くのはよくないよ」

「へっ」

「わたしは教えるべきことは教えるが、おまえさんも自分で前向きに学ぶことを覚えなければならない。人から安直に聞いたことは、その場でわかった気になっても頭に残らない。階段の数はあとでゆっくり自分で見通し見極めるがよい」

和太郎は首をすくめる。

「じゃあ、あとで数えますけど、つまり、階段にせよなんにせよ、ものごとをただぼんやりと見ないで、じっくりと見通し見極めるというのが先生の千里眼なんですね」

「そういうことになるかな。うわべをただぼんやり見るだけではだめだ。中身を見通し見極めなければ本物の絵は描けない。たった一度だけ、父にそう言われたことがあってね。それからはなんでもじっくりと見極めるのが癖になった」

「あの、じっと見つめると中身まで見えてくるんですか」

「うん、見えるとも。修行次第だが」

和太郎は目を輝かせる。

「先生、道具の目利き、うまくなるように励みますが、ひとつ、その、相手の中身を見通すという術も、なんとかご教授願えませんか」

「はは、ご教授といわれてもなあ。おまえさん、物好きだね。これぱっかりは、手取り足取り教えるわけにはいかないよ。品物の目利きと同じで、数をこなすとだんだんとわかってくるんだが。まあ、それほどいうなら、わたしがお客の相手をするのを横で見ていればいい」

「ほんとですか。ありがたい。じっと見るだけで中身が見えるなんて、やっぱり先生、すごいですよ」

「だがな、近頃はどうも面白いお客が来ない」

「そうなんですか。お客様に面白い、面白くないがあるんですかねえ」

「うん、どのお客も、昨日のおまえさんのように、わかりやすすぎて」

和太郎は内心、舌打ちをする。ちぇっ、わかりやすくて悪かったな。

「ほら、そうすぐ顔に出る。今、わかりやすくて悪かったなと思っただろ」

「うわ」

「今、やっぱり心が読めるのかと思っただろ」

「先生、もう勘弁してくださいな」

「ふふ、謎解きはむつかしいほうが面白いのさ。でなきゃ、もう、退屈で退屈で」

芳斎は大きくあくびをする。

そのとき、そっと階段を上がってきた卯吉。

「先生、お客様です」

「客というと、道具の目利きかい。それとも失せもの尋ね人」

「はい、そっちのほうでございます」

「なるほど。どんな客だ」

「へへ、若い娘さんで、なかなかの別嬪《べっぴん》」

「わかった。じゃ、ここへご案内しなさい」

「へーい」

「面白い客だといいのだがな」

階段を下りようとする卯吉に、和太郎はそっと聞く。

「おい、卯吉」

振り返った卯吉に小声で。

「おまえ、この階段の数は何段あるかわかるか」

「はい、十五段ですが、なにか」

四

音もたてずに十五段の階段をゆっくりと上り、二階に姿を現したのは歳の頃は二十前後、すらりと背が高く、背筋のしゃんと伸びたほっそりした娘である。

その目鼻立ちの整った顔を見て、和太郎はごくんと唾を呑み込む。まるで錦絵から抜け出てきたような美女だったのだ。

娘は畳に手をつく。

「わたくし、本所相生町《ほんじょあいおいちょう》に住まいいたします菅井五郎右衛門《すがいごろうえもん》の娘、松《まつ》と申します。鷺沼芳斎先生にぜひともお願いがあってうかがいました」

お松は芳斎と和太郎を見比べる。

「芳斎先生はどちらでございましょう」

「わたしが鷺沼芳斎です」

お松は頭を下げ、ちらりと和太郎を見る。

「それからね。こっちにいるのがこの梅花堂の主人の和太さん」

和太郎は口をとがらせる。

「先生、和太さんはよしておくんなさいまし。ええ、申し遅れて失礼さんにござんす。手前、当家のしがない主《あるじ》にござんす。名を和太郎と申します。稼業未熟の駆け出し者。以後、お見知りおきくださいまして、万事万端、よろしくお頼み申しあげます」

お松はぽかんとして、やがてうっと笑いをこらえる。

「あ、いけねえ」

和太郎はあわてて口を押さえる。昨日までの渡世の癖がまだ抜けておらず、美女の前で緊張したせいか、思わず仁義口調になってしまったのだ。

「ときにお松さん」

芳斎が言う。

「幼い子らに狭い長屋で手習いを教えるのは大変でしょう」

「はい、それはもう」

「お父上がいなくなられて、どのくらいになりますかな」

「それが」

と言いかけて、お松ははっとする。

「先生はわたくしが長屋で近隣のお子たちに読み書きを教えていること、なにゆえご存じですか。また、父の行方が知れなくなったことも」

芳斎はゆっくりと火皿に煙草をつめて、煙草盆の火をつけ、ふうっと煙を吐く。

「お父上はもとはお屋敷勤め、おそらくは、お大名に仕えておられたのが、今はご浪人なのでしょう。それで手習いを始められたが、お父上がいなくなり、今はあなたが引き継いでおられる」

「おおせの通り、父は浪々の身、わたくしは今、長屋で手習いをいたして糊口《ここう》をしのいでおります」

そこまで言って、お松は鋭い視線を感じ、和太郎を見る。

じいっとお松を凝視する和太郎。

「なにか、わたくしの顔についておりましょうか」

「あ、いえ、どうも」

和太郎、あわてて目をそらす。

「お噂に違《たが》わぬご慧眼《けいがん》、芳斎先生、まさに千里眼でございます。よくぞおわかりになりました」

「いや、別に千里眼ではありませんよ。あなたのお召し物、とても高価な着物だが、少々着古しておられますな。ところどころ繕《つくろ》いのあとがある。お父上はかつては高禄でお屋敷に仕えておられ、裕福であった。が、後に逼塞《ひっそく》して、今は本所の長屋暮らし。

着物は新調できず、しかも腰のあたりに墨《すみ》のあとがあります。自分でそのような場所に墨をつけるわけはない。これは幼い子が狭い場所でつけたのでしょう。ここに私を訪ねてこられる方は、たいていが失せものか尋ね人。とすれば、お父上の行方がわからないということ。ご浪宅での読み書きの指南、お父上に代わって、あなたが続けておられる。手習い子がつけた墨、落とそうとされたが、きれいには落ちず、が、他に着るものがないので、そのお召し物でここに来られた」

お松は真っ赤になって下を向く。

和太郎はそれを聞いてむっとする。年頃のお嬢さんに向かって古着一枚しか持ってないんだろうって。そりゃないよ。人の素性を見抜くのは得意でも、先生、女心がわからないんだな。

「あ、これは失礼いたした」

「いえいえ、先生のご心眼、なにも隠し事はできません」

それにしても、和太郎はお松の顔を穴のあくほどじっくりと見通したが、いい女だな、としかわからなかった。見ただけで相手の素性から今の境遇、父親の失踪までを言い当てる芳斎の手腕に改めて驚愕する。

「ええ、お茶でございます。どうぞ」

いつの間に現れたのか、卯吉が三人分の茶を配って、ぺこりと頭を下げ、また階段を下りていく。

「うーん、まあ、わたしにわかることといえば、そのぐらいです。あとはあなたの口からおききしたい」

お松はうなずく。

「はい、七夕《たなばた》を少し過ぎた頃、家を出たきり、父が戻ってまいりません。二日経っても三日経っても戻らず、今までに黙って何日も家を空《あ》けるなど一度もありませんので、なにかあったのかと心配で」

お松は大きく溜息をつく。

「うむ。七夕というと七月の上旬ですな。もうひと月以上、お父上から音沙汰がないと」

「はい、手習いのお子の親御さんなども心配してはくれますが、長屋のおかみさんたちではなかなか相談もできず、どうしたものかと思っておりましたところ、三日前にこのような文が届きました」

お松は風呂敷に包まれた文を差し出す。

「拝見いたします」

芳斎は折りたたまれた文を手に取り仔細に眺める。

「宛名がありませんな。届けたのは町飛脚《まちびきゃく》ではないようだ」

「三日前はちょうど中秋の十五夜。昼間、手習いの子らとお月見の支度をしておりますと、手習い子のひとりが、だれか知らない男の人から預かったと」

「ほう」

「幼い子で、相手の身分も歳格好も皆目わからず」

「なにものかが駄賃を渡し、あなたのところへ届けさせたのでしょう。あなたの住まいや手習いのことを知っている者に違いないが」

芳斎はたたまれた文を開いて驚く。

「これは」

そこには歌が三首書かれていた。

立ち別れいなばの山の峰に生《お》ふるまつとし聞かばいざ帰り来む
花の色はうつりにけりないたづらにわが身世にふるながめせしまに
東風《こち》吹かばにほひおこせよ梅の花あるじなしとて春な忘れそ

「ただ、それのみでございます」

「して、お父上の手によるものですかな」

「はい、父の筆遣いに相違ございません」

「文ならば、なにか伝言あってしかるべき。それをただ歌のみとは。お父上はわけあって、いずこかに身柄を隠しておられるのか。あるいは、うーむ。いずれにせよ、この歌をお父上が書かれたとすれば、他の者にはわからず、あなただけに伝えたい謎がかけられているのではないでしょうか」

「わたくしもそう思うのですが、三日三晩考えても、思い浮かびません。そこで、こちらを頼ってまいりました。どうか、この歌に謎があるとすれば、ぜひとも先生のご心眼で解き明かしていただきとうございます」

「が、謎を解くにはもう少し詳しいことを知らなければ。まず、お父上がいかにして浪人となられたのか。そのあたりからうかがいたい」

「承知いたしました。では、父がなにゆえ浪々の身となりましたか、わたくしの申しますこと、いましばらく、お聞きなされてくださりませ」

　お松は茶を一口飲むと、語りだす。

「わたくしの父、菅井五郎右衛門は、もと駿河安部藩《するがあべ》松平但馬守様《まつだいらたじまのかみ》にお仕えし、物頭《ものがしら》を勤め二百石のお禄を頂戴しておりました。代々江戸詰めでしたので、わたくしは父母と二歳年下の弟新吾《しんご》とともに小石川《こいしかわ》の上屋敷で満ち足りた暮らしでございました。二年前の春、新吾が十六で前髪を落とし、近習《きんじゅう》見習いとして出仕することとなりました。わたくしの口から申すのもなんでございますが、弟は幼い頃より聡明で勉学に優れておりましたので、殿がまだ若君であらせられたとき、その話し相手としてお側《そば》にあがっていたことがあり、ゆえに殿じきじきに近習見習いを命じられたのでございます」

和太郎、頭の中で数を数える。二年前に弟が十六、ふたつ上のお嬢さんは十八。ということは今は二十か。

「これでゆっくり隠居できると父は安心し、母もわたくしも新吾の出世を心より喜びました。が、そのことが、悲しい出来事の始まりとなりますとは」

お松は袖で目頭をそっと押さえる。

「失礼いたしました。近習見習いとなってほどない頃、殿のご寝所《しんじょ》の宿直《とのい》を仰せつかったのでございます。しっかりとお役目を果たすのですよ。その母の言葉に元気にうなずく新吾。弟の笑顔を見たのは、それが最後となりました」

「なにかありましたか」

「はい、その夜、殿の寝所に盗賊が忍び込んだのでございます。新吾は果敢に賊に立ち向かいました。騒ぎで殿がお目覚めになり、家中の方々も駆けつけられましたが、そのときはすでに、賊によって新吾は心の臓をひと突きにされ、無念にも若い身空で一命を落としたのでございます」

しばし絶句するお松。

「おお、それは、ご心痛お察し申す」

「新吾とともに宿直を勤められていた近習の亀村左近《かめむらさこん》殿も深手を負われ、翌朝に絶命されたよし。手文庫より金子百両と、龍鼻《りゅうび》の茶碗が盗まれておりました」

「龍鼻の茶碗、それはどのような」

「よくは存じませぬが、松平家に代々伝わる家宝の茶器、龍の鼻を象《かたど》ったものとか」

「龍の鼻。うむ。どうぞ、お続けくだされ」

「亀村殿は絶命なされる前に、盗賊は自らまたたび小僧と名乗ったと、そう言い残されたとのことでございます」

「またたび小僧とは」

「はい、かつて江戸を騒がせ捕らえられお仕置きになった鼠《ねずみ》小僧を真似て、武家屋敷だけを荒らす盗賊と聞いております」

「ああ、それならあたしも聞いたことありますよ」

　今度は和太郎も横から口を挟む。

「もう何年も前から噂になってましてね。鼠より強いのが猫、猫を飼いならすのがまたたびっていうんで、鼠小僧の上手《うわて》を行くまたたび小僧とか。だけど、どこのお屋敷でも盗人に入られたなんて体裁が悪いんで、内聞《ないぶん》にしてます。だから、なかなか捕まらない。あ、お嬢さん、話の腰を折ってすいません。どうぞ、お続けなすって」

「はい、実はその三日後にもと御大老の井伊《いい》掃部頭《かもんのかみ》様をお招きしての茶会を開き、龍鼻の茶碗を披露することになっていたのです。が、茶碗がなければ殿の面目が立ちません。家宝を盗まれたは、せがれ新吾の落ち度による。父は茶会までに茶碗を見つけ出そうと、江戸市中の質屋、道具屋、瀬戸物屋などを探し回りましたが、奔走の甲斐なく茶碗は見つからなかったのでございます。この上は腹を切って詫びるしかない。父は殿に切腹を願い出ました」

「おお、それは」

「殿が申されますに、無駄に命を捨てること相ならぬ。そのほうが腹を切っても茶碗は戻らぬ。命を賭《と》して賊に立ち向かった新吾の死も無駄になるであろう。それならばと、父は茶碗が見つかるまでは帰参せぬ覚悟で、母とわたくしともども屋敷を出まして、本所の裏店《うらだな》に移り、以後、手習いを教えながら、細々と暮らしを立て、そのかたわらに茶碗を求め市中を探索しておりました。が、五十路《いそじ》を過ぎ、いつしか茶碗探しにも力は入らず、浪々の身に馴染んで、これもまた人生かと」

「して、お母上は」

「はい」

お松は肩を落とす。

「あまり丈夫でなかった母が半年前に病の床につき、看病もむなしく、身罷《みまか》りましてございます」

「おお、亡くなられたと」

「父は気落ちし、魂が抜けたようになっておりました。そしてこの七月、家を出たまま、行方が知れなくなったのでございます」

「そして、三日前にこの歌があなたのもとへ届けられたと」

「はい」

「わかりました」

芳斎は大きくうなずく。

「解けるかどうか、この謎、お引き受けいたしましょう」

「ありがとうございます」

「なにかあれば、お知らせいたします。お住まいは本所相生町のどちらですか」

「相生町二丁目、竪川《たてかわ》に面した甚兵衛《じんべえ》長屋でございます」

「うむ」

芳斎は文を再び見つめる。

「今、思いついたのですが、この行平《ゆきひら》の歌、まつとし聞かばいざ帰り来む、これはお父上があなたに待っていれば帰るであろうという謎ではないか。あなたのお名前、お松さんをかけている」

「はい、わたくしも、そうかとは思いますが」

芳斎はうなずく。

「この文、お父上からあなたへの大切なものだが、しばしお預かりしてもよろしいですかな」

「なにかの判じものと思います。先生のお手元に置いて、解き明かしてくださいませ」

「そういたしましょう」

「あの」

言いにくそうにお松は切り出す。

「お礼はいかほどで。お恥ずかしいのですが、長い浪人暮らしゆえ」

「それならば、謎が解けてお父上が見つかったときに、お気持ちだけいただければよろしゅうござる」

「はあ、でも」

「ご心配には及びません。だが、ひとつうかがいたい」

「なんでございましょう」

「本所といえば、ここからは遠いのでは」

「はい、両国橋《りょうごくばし》の向こうでございます」

首を傾げる芳斎。

「お父上の行方がわからなくなって、ひと月以上、その間は特に探そうとはなさらなかった」

「心配ではありましたが、父の行き先など見当もつかず、探すあてもなく、どうしてよいかわからず」

「で、このほど、こちらへいらっしゃったのは、なにゆえ」

「先生のご高名は本所あたりでもたいそうな評判。そして、この文でございます。菅《かん》家《け》の歌、道真《みちざね》公は天神様、そして梅の花とあります。それで、湯島天神、梅花堂の鷺沼芳斎先生のことがふと浮かびまして」

「なるほど」

お松は手をつき、深々と頭を下げる。

「では、先生、どうぞ、よろしくお頼み申し上げます。あの」

ちらっと和太郎を見る。

「あなた様も、どうか、よしなに」

「ははあ」

和太郎も畳に額がすりつくほど、頭を下げた。

五

お松が帰ったあと、芳斎は三首の歌の書かれた文を書見台に置き、腕を組んで考え込む。

すぐ横で、和太郎も芳斎を真似るように腕を組んでうーんと唸《うな》る。

「和太さん」

「おまえさん、なにか、気がついたことはあるかい」

「はい」

「いやあ、驚きました」

「ほう、おまえも驚いたか」

「先生もですか。ねえ、驚きますよ。いるんだなあ、あんな容子のいいお嬢さんが。吉原とか、そんなとこ行きゃ、いますよ。いくらでもきれいな花魁《おいらん》は。顔真っ白に塗ってうんと着飾ったりなんかしたのが。でもね、さすが、お武家のお嬢さんは違いますねえ。品があって。けばけばの白粉気《おしろいけ》はないのに色白で、裏長屋に住んでる浪人のお嬢さん。二年前までお父上がお大名のご家来で二百石というんだから、育ちがいいんだなあ。以前だったら、あたしらなんか、口もきけませんよ。すっと背筋が伸びて、しゃべり方だって、うちのおふくろとは大違い。ああ、いいなあ」

「なんだ、和太さん、おまえさんが驚いたのはあの娘の器量や物腰にか」

「そうなんです。あたしもね、先生を見習って、ちょいと見通して見極めてみましたよ」

「ほう」

「だけど、いくら見通しても、ただ別嬪《べっぴん》だとしかわからない」

「それは見通してないからだ」

「でも、わかったことはあります」

「なにがわかった」

「ふふふ、女の人に歳を聞くのは、いやがるからやめたほうがいいって、言うでしょう」

「まあ、あんまり感心はしない」

「あのお嬢さん、二年前にふたつ年下の弟が十六でお役に就いた。ということは、二年前にお嬢さんは二つ上の十八、今は二十。どうです。話を聞いただけで歳を見抜きました」

　和太郎は胸をそらす。

「そのぐらいのことはだれでもわかる」

「お嬢さんが二十であたしが二十二、ふたつ違い、ちょうど釣り合うねえ」

　相好《そうごう》を崩す和太郎。

「おい、大丈夫かい」

「大丈夫ですよう。あたしが挨拶したとき、お嬢さん、うつむいて恥ずかしそうに、にっこり笑ったでしょ。うれしいなあ」

「あれは、変な挨拶するから、笑いを堪《こら》えていたんだ。あのあと、おまえ、じっと見つめてただろ。気味悪がってたよ」

「そんなことないよう。帰り際にあたしを見て、色白の頬をほんのり赤らめながら、あなた様も、どうか、よしなに。ああ、どうしよう」

身をよじる和太郎を見て、呆《あき》れる芳斎。

「おまえ、やっぱり、わかりやすいな」

「へへ、だけど、先生もあのお嬢さん、いい女だと思ったでしょ」

「そうだなあ。背筋が伸びているのはきちんと躾《しつ》けられたからだ。言葉の受け答えからして聡明でもあり、思慮深くもある」

「思慮深いって」

「わたしとおまえさんを見比べて、どちらが芳斎かと尋ねただろう。見ればわかりそうなものだが、そこで早合点をせずに一応聞いてみる。そこが思慮深い」

「なるほど。で、別嬪でしょ。あのお嬢さん」

「まずは整った顔立ちであったな」

「ほら、そうでしょ。だから、先生、お礼はいかほどって言われたとき、いいですよ、そんなの気持だけでって。あれがもし、いかつい男だったらそうはいかないんだ」

芳斎は首を横に振る。

「いやいや、別嬪だろうが、いかつい男だろうが、わたしは人を顔かたちで選ばないし、面白そうな謎解きなら、礼金などはいくらでもいいんだ」

「ふーん。じゃあ、先生が驚いたってのはなんです」

「うむ、ひとつは龍鼻の茶碗」

「ご存じですか」

「いや、どこかで聞いたような気もするが、思い出せん。いまひとつは盗賊またたび小僧」

「そいつがお嬢さんの弟を殺したってわけですね」

芳斎は文を見ながら、首をひねる。

「そして、この三首の歌」

「お嬢さんのお父上、いったいどこへ消えちまったんでしょうね。御新造様が亡くなって、気落ちして、川にでも飛び込んだか」

「しかし、それならば三日前に届いたこの文は」

「ああ、そうか。幽霊が文を書くわけないですね。あ、この世に幽霊なんていなかったんだっけ」

「菅井五郎右衛門殿は龍鼻の茶碗の行方、あるいはまたたび小僧の手がかり、いずれかに気がつき潜伏、あるいは囚《とら》われているのか。他の者に気づかれぬよう、お松さんにだけわかるように歌を託した」

「ところが、お嬢さんにもそれがわからない」

「この文にはその謎が隠されている」

「じゃあ、ささっと解きましょうよ。お得意の千里眼で。解いて、お嬢さんに喜んでもらいましょう。で、わかったら、あたしがね。本所相生町二丁目の甚兵衛長屋に駆け込みます。お嬢さん、喜ぶだろうなあ。さ、先生、はやく」

「いや、そう易々と解ければ苦労はしないし、面白くもない」

「面白くなくったっていいじゃないですか。お嬢さんさえ喜べば」

「しかし、これだけではまだいかんせん、手駒が少ないな。早まって少ない材料で当て推量すると、ますますこんがらがって深みに落ち込み真相から遠ざかる。とりあえず、菅井五郎右衛門殿のご主君、松平但馬守について調べようか」

「はあ、でもどうやって。これから小石川にでも行くんですか」

芳斎は笑って本棚の前へ行く。

「出歩かなくとも、ここでわかることもある。第一、わたしは出不精でな。この一年、ほとんどここから動いたことはないよ」

「え、ほんとに。せっかく花のお江戸にいながら、見物はしないんですか」

「しないな」

「日本橋も」

「行かないなあ」

「浅草の観音様も」

「行ってないね」

「そりゃ、もったいない。一年もここに閉じこもってたんですか。少しぐらい歩かなきゃ、からだによくありませんよ」

「まあ、湯屋には行くが」

「すぐそこじゃないですか。そんなの歩いたうちに入りませんよ」

「天満宮にもたびたびお参りする。あの石段はなかなか足腰にいいがな」

「ああ、あれねえ。へへ、あの石段、何段あるんでしたっけ」

「それに不忍池のほとりで煙草をくゆらせながら、鯉《こい》や亀を眺めたり」

「先生、石段の数」

芳斎は本の棚を首を傾げながら探し続ける。

「ねえってば、先生、天神様の石段の数」

和太郎をじっと見る芳斎。

「そんなに知りたいのか」

「知りたいですよ」

「じゃあ、自分で数えればいい」

「へっ」

「だが、まあ、知らないと思われるのもしゃくなので言うが、男坂が三十八段、女坂が三十三段だ」

和太郎は肩をすくめる。わあ、やっぱり、只者じゃないな。

「先生、さっき本所がここから遠いっておっしゃったけど、ほとんど江戸を歩いたことなくて、どうして遠いってわかるんです」

「切絵図という便利なものがある。お城の周りがどうなってるかぐらいは、出歩かなくてもわかっているつもりだ」

「へええ」

芳斎は本棚から探し出した書物を手に取る。

「あったぞ。金兵衛さんはさすがだな。武鑑もそろってる」

「それが武鑑ですか」

「うむ、これを見れば、たいていのお大名のことはわかる」

武鑑をぺらぺらと繰る。

「どれどれ、駿河安部藩松平但馬守と。おお、俗に十八松平なんていうが、松平ばっかりだな。御三家御連枝《ごさんけごれんし》、尾張《おわり》支流、紀伊《きい》支流、水戸《みと》支流。親藩《しんぱん》も譜代《ふだい》もぎっしり、松平だらけだ」

「へえ、そんなにあるんですか」

「うん、あ、これだ。駿河の安部藩、松平家、二万石。この松平は御三家御連枝でもなければ親藩でもない。紋所も三つ葉葵じゃない。神君以前の親戚で、徳川御宗家《ごそうけ》に家臣として仕え、寛永《かんえい》年間に大名に取り立てられた。今の御当主は但馬守様、諱《いみな》を景知《とも》様か。文政《ぶんせい》六年　癸　未《みずのとひつじ》のお生まれ、てことは」

「あれれ、あたしと同い年」

「なるほど、二十二か。まだお若いんだな。だから、お松さんの弟とご学友だったんだ」

「そのお殿様、おそらくは、気性が穏やかで人当たりがよくて、周りの者とも上手に付き合うんじゃないですかね。だけど、言いたいことを言わないで、内にため込むんです。好きなことには一所懸命だが、飽きっぽい」

「なんだ、それは」

「だから、あたしと同じ未年」

「なるほど」

「それで、お嬢さんのお父上を切腹させなかったとか」

「和太さん」

「はい」

「おまえさん、できるじゃないか」

褒められてうれしい和太郎。

「いえ、で、少しは先に進みましたかねえ、謎解きは」

「まあ、そうあわてるな。急がば回れということもある」

芳斎は武鑑を棚に戻し、窓の外を眺める。

「ああ、今日も外はいい秋晴れだなあ」

「それより、早く謎を解きましょうよ」

「まずは一服」

芳斎は煙管の火皿に煙草を詰める。

「でも、先生、この歌、どういう意味があるんでしょうね」

和太郎は文を手にして、窓にすかし、じっと見つめる。

「おやっ」

「どうした」

「先生の真似をして、じっくり見通したら、この文、烏《からす》のすかしが入ってます」

「ほう」

芳斎は天眼鏡で文を調べる。

「なるほど、さっきは気がつかなかったが、これはいったい」

「先生、ご存じありませんか。熊野権現《くまのごんげん》の烏の誓紙。約束を破ったら、熊野で烏が三羽死ぬって。これは吉原の花魁が起請《きしょうもん》文に使う紙ですよ。すかし入りは特に上等なんです」

「そうなのか」

にやける和太郎。

「いえね。へへへ、自慢じゃないが、あたしも以前、貰ったことがあります。烏が死んだでしょうけどね」

第三章　いざ吉原《よしわら》

一

「おっかさん、先生と目利きの稽古で、ええっと、ちょいとそこまで出かけるんで。すまないけど」

そっと手を出す。情けない話だが、昨日無一文で江戸に戻ったばかり、先立つものがない。湯銭どころか寺社への賽銭さえ事欠く始末なのだ。

お寅は目を丸くする。

「え、先生と。目利きの稽古だって」

「だから、うーん、先生の手伝いだよ。先生のすることを横で見て」

「出かけるって、うちでできないのかい」

「できないんだよ、それが」

「どこへ行くんだよ」

「あの、それがね、ええっと」

おもむろに二階から降りてきた芳斎、黒羽二重《くろはぶたえ》に袴《はかま》、手には長い刀を下げている。

お寅は驚く。

「あらあ、先生、へええ、お出かけとはお珍しい」

珍しいもなにも、芳斎は一年の間、町内の湯屋、天神様のお参り、あとは不忍池で煙草吹かしながら鯉や亀を眺めるだけなので、いつもは丸腰で着流しである。こんな改まった格好はしたことがない。

「うむ、ちょっと出かけますぞ」

お寅は目を白黒させる。

「へええ、どちらへですか」

「和太さんの案内で吉原まで参る」

「なんです、吉原」

お寅はいきなり目を吊り上げ、和太郎をにらみつける。

「和太っ、おまえは吉原でしくじって、おとっつぁんから勘当同然に追い出されたんじゃないのかい。三年もの間、無職渡世で裏街道をほっつき歩いて、それが家に戻ったとたん、先生を吉原に誘い出すなんて。いったい全体、なに考えてんだ、この道楽息子が」

「そうじゃないよ、おっかさん」

遊びに行くのではない。芳斎先生の謎解きの手伝いをするんだと言っても、お寅はわかってくれない。

「先生、なんとか言ってくださいよ」

「うむ。おかみさん、実は起請文のことで」

芳斎がすかし入りの起請文の説明をすると、お寅はますます腹を立てる。

「和太っ、おまえ、吉原の女にそんなもんまで貰って、鼻の下伸ばして喜んでたのかい」

「いやあ、そうじゃなくてさあ。先生、もうちょっとうまく言ってくださいよ」

今朝訪ねてきた浪人の娘お松が人探しの頼みで、謎を解いてくれと和歌の文を置いていった。その紙が吉原の遊女が客に送る上等の烏《からす》のすかし入り、というわけで、昼飯を食ったあと、謎を解くには材料が少ないという芳斎に吉原に行けば新たな手掛かりが見つかるかもしれないと和太郎が勧め、芳斎もその気になった。そこで吉原まで調べものに行くのだと芳斎が説明する。

「しょうがないねえ。和太、遊んでくるんじゃないよ」

お寅は渋々納得し、釘を刺しながらも和太郎に財布を渡す。中身は天保銭と小銭だけ。これではとても吉原では遊べない。

が、一歩店を出ると、外はすがすがしい秋晴れである。湯島天神から吉原への経路は下谷広小路に出て、寛永寺《かんえいじ》を左に見ながら下谷道をまっすぐ進み、竜泉寺の手前を右に曲がるのが一番近い。

昨日、千住大橋を渡って江戸入りしてから、まだ一日しか経っていない。それが今、懐かしい吉原に向かって歩いているのだ。和太郎はうれしくて、挫《くじ》いた右足の痛みもなんのその、足取りは軽かった。

芳斎は上野の山内でいきなり立ち止まり、おもむろに切絵図を広げる。

「どうしたんです、先生」

「うん、なるほど、なるほど」

「え」

「不忍池は広いなあ」

「そりゃ広いですけど、先生、ときどき鯉や亀を眺めてたんじゃ」

「いや、いつもはあちら側からばかりで、こっちまでくることはなかったんだが、この場から見ると、さすがに東の比叡山《ひえいざん》で東叡山《とうえいざん》、不忍池を近江の琵琶湖《びわこ》に見立て、弁天島《べんてんじま》が竹生島《ちくぶしま》か」

「先生、そんなことはどうでもいいですから、はやく吉原へ」

「うん、おまえさんが言うように、わたしは江戸に一年もいて、一度も江戸見物をしなかった。不忍池さえ全容を見てはいなかったな。切絵図でわかった気になっていても、こうして目で見ると、なかなか絵になる景色だ」

呆れる和太郎に見向きもせず、芳斎は心行くまで景色を楽しむ。

「おやっ、そこにいるのは芳斎先生ですかい。おお、梅花堂の和太郎さんも、これはおそろいで」

尻端折《しりはしょ》りに黒い股引、懐には十手《じって》がねじ込んであるのだろう。白髪頭は天神下の義平である。

「あ、親分、昨日はどうも」

「和太郎さん、髪もちゃんと結って、髭も月代も剃ったら、男前がずいぶん上がったじゃないか。おまけにそのなり」

「へへ、親父のね」

「そうだろう。ほんとにおまえさん、金兵衛さんに似てきたねえ。後ろ姿なんて、そっくりだ。これからは和太郎さんなんて気安く呼べないね。立派な梅花堂の御主人、旦那様だ」

「よしてくださいよ、親分」

「それにしても、芳斎先生。こんなこと言っちゃ失礼だが、見違えましたよ。先生は背がお高いから、遠くからでも目立ちますねえ」

「そうですかな」

「おでかけとはお珍しい。で、どちらへ」

「ちょっと吉原まで」

「へえっ」

　義平は驚く。

「吉原。なんと、先生が女郎《じょうろ》買い。なるほど、それで見違えたんだ」

「いや、そうではないが」

「和太郎さん、なんだい、おまえ。江戸に帰ってきて早々、そっちのほうかい。若いねえ」

「親分、違うんですよ。実はね」

これこれしかじか、こういうわけで。と今朝の一件を話す。

「へえ、なにかい。ご浪人の娘さんが来て、うん、うん。それが別嬪で。へええ、お父上が先月から行方知れず。うん、うん、それで、歌の書かれた起請文の紙。うん、うん、ふーん。それで吉原へねえ」

「そうなんですよ。あたしは先生を女郎買いに誘おうなんて、そんな、夢にも思ってやしませんから」

義平は合点する。

「わかりやした、先生。人ひとり消えるってのは、穏やかじゃねえや。人探しは先生の十八番《おはこ》だが、ひょっとして、なにか悪事にかかわりがあるかもしれませんね。そのときは、どうか先生、あたしでお役に立てることがあれば、なんなりとおっしゃってくださいまし」

「ああ、親分、そのときはお世話になりましょう」

「どうぞ、どうぞ。先生には三ノ輪の贋金作りの一件やら、妙蓮寺《みょうれんじ》の柿の種の一件やら、まだらの腰紐の一件やら、いろいろお知恵を拝借して、手柄を立てさせていただきましたからねえ」

和太郎は驚く。芳斎は捕物にそんなに何度も首を突っ込んでいたのか。それがみんな義平の手柄になって。道理で愛想がいいのだな。それにしても、妙蓮寺の柿の種とはどんな一件であろう。

「それじゃ、あたしはこれで。和太郎さん、いやさ、梅花堂の旦那。秋の北州《ほくしゅう》、じっくりと楽しんでいらっしゃいな。いいねえ、若いもんは」

にやにやしながら、義平は天神下のほうへと去っていく。

ほどよく鐘撞堂《かねつきどう》の鐘がごーんと鳴り響いた。

「もう七つですよ。先生、はやく行きましょうよ」

「うむ、では、ゆるりと参ろうか」

この一年、ほとんど湯島の梅花堂を出なかったという芳斎、ゆるりという割りには意外に足が速い。

「あ、先生、そっちじゃありませんよ。ここをまっすぐ」

「いいんだ、こっちで」

「そっち曲がると、浅草のほうへ行っちゃいますよ」

「うん、わかっている」

「じゃあ、なんで」

「切絵図によると、ここをずっと行くだろ。で、こう曲がると雷門《かみなりもん》の前に出る。

そこから仲見世《なかみせ》を通って、浅草寺の観世音菩薩《かんぜおんぼさつ》に参詣いたそう」

「ええっ。そんな」

「せっかく一年も江戸にいて、日本橋も浅草も、どこも見物していないなどもったいないとおまえ、言ったじゃないか」

和太郎は内心舌打ちする。余計なこと言わなきゃよかった。

「先生、でも、見物は今日でなくても。吉原が」

「わたしは出不精でね。今日、浅草へ行かないと、今度は一年先か二年先か」

「はい、わかりました」

とはいうものの、雷門が近づいてくると、どんどん人の往来が増える。それに従い和太郎の心も華やいでくる。なんといっても名だたる盛り場である。

下谷の広小路もそこそこ賑わってはいるが、浅草とは比べものにならない。三年前の御禁制のときは、祭りはいけない、水茶屋はいけない、酒盛りはいけないで盛り場は閑古鳥《かんこどり》が鳴いて寂れ放題だった。ところが今の賑わいの盛大なこと。

「おお、たいしたものだ。これが雷門か」

芳斎は立ち止まり、切絵図を見ながら、あたりをきょろきょろする。

「先生、やだなあ。それじゃ、お上《のぼ》りさんですよ」

「うーん」

人がごった返す仲見世で芳斎は目を瞠《みは》る。

「今日は祭礼か」

「いえ、先生。これがいつもの浅草です。お祭りの日なんて、人が多すぎて、とても歩けやしません」

「ほう、やはり足で歩いて目で見るのと、名所図絵や繁盛記でわかった気になるのとではずいぶんと違うようだ」

仲見世を抜け、本堂に参詣する。

手を合わせ、和太郎は無事に江戸に戻れたことを感謝する。

「あ、しまった」

「どうした、和太さん」

「いえね。観音様にはこうしてお参りしましたが、地元の天神様に、まだ挨拶してなかったんで」

最近は不景気で店の客足が落ちていると、小僧の卯吉は言っていたが、湯島の天神様もこれぐらい賑わっていれば、梅花堂にも客が押し寄せるかもしれない。

「先生、本堂の裏が奥山《おくやま》です」

「うむ」

見世物小屋や大道の物売りが並ぶ。

芳斎は絵図を見ながら、

「ここまで来たんだから、ちょっと大川《おおかわ》も見て行こう」

「ええっ、それはまたこの次にしましょうよ」

奥山の裏には田んぼが広がっている。このまま田んぼ道をずっと北へ真っすぐ行くと吉原、江戸の北州とか北国《ほっこく》とか呼ばれる所以《ゆえん》である。

「先生、秋の日は釣瓶落《つるべお》としといいます。ゆっくりしてると、日が暮れちまいますよ」

「なあに、さっき七つの鐘が鳴ったばかりだ。夕暮れには間がある。それに吉原が賑わうのは日が落ちてからではないのか」

「おっしゃる通りですがね」

川の方向に歩き出す芳斎に仕方なく従う和太郎。

「おや」

三社《さんじゃ》権現の先がなにやら賑々《にぎにぎ》しい。笛《ふえ》や太鼓《たいこ》、なにかの祭礼か。目の前にいきなり広がる景色。派手な幟《のぼり》の数々、中村座《なかむらざ》、市村座《いちむらざ》、河原崎座《かわらざきざ》の看板が人目を引く。

「なんでしょう、ここは」

「うむ、聞いたことがある。三年前の御改革で江戸の芝居が禁じられ、その後、浅草へ移転したと」

「へえ、そうだったんですか」

通りには芝居小屋が並んでいる。三座の向かい側には薩摩座《さつまざ》、結城座《ゆうきざ》の人形浄瑠璃《じょうるり》、芝居小屋が集まって、奥山とは違う趣《おもむき》の別世界を築いているのだ。

「箱根では金兵衛さんと芝居の話をいろいろしたが、和太さん、おまえも江戸っ子だから、やっぱり芝居は好きなほうか」

「いいえ、まるきり見ません」

昔一度だけ両親と三人で葺屋町《ふきやちょう》だか木挽町《こびきちょう》だかで芝居を見物したことがあったが、退屈で退屈で、途中でいやになって駄々《だだ》をこね、金兵衛にさんざん叱られた。あれから一度も芝居は見ていないし、見る気もしない。

「ほう、江戸にいながら芝居を見ないとはもったいない」

「親父と芝居の話をしたとおっしゃいますが、先生は見たことあるんですか。江戸は初めてで、しかも一年の間全然どこも見物しなかったんでしょ」

「江戸の芝居は見たことないが、以前、上方《かみがた》にしばらく滞在したことがあってな。京《きょう》や大坂《おおさか》の小屋には何度か通ったものだ」

「へえ。そうなんですか」

芝居町を抜けると待乳山《まっちやま》。

「おお」

広がる大川を見て、芳斎が感嘆の声をあげる。頬に当たる川風が心地よかった。

芳斎は懐中からやにわに煙草入れと火打ち袋を取り出した。

「ちょっと一服」

「えっ、先生、こんなところで」

「いい景色に出会うと、つい吸いたくなるのだ」

煙管の火皿は猪口《ちょこ》のように大きい。手早く火を熾《おこ》し、川を眺めながらすぱすぱ。

「よい眺めだわい」

「夕ぐれーにー眺めてー見わたすーすみーだーがーわー」

和太郎もつい、下手《へた》な唄が出た。三年ぶりの大川、やっぱり江戸はいいなあ。

山谷堀《さんやぼり》にそって、いよいよ目指すは吉原である。

二

日本堤《にほんづつみ》から衣紋坂《えもんざか》を下りると、ああ懐かしい見返り柳。くの字に曲がった五十間《ごじっけん》道《みち》の先が大門《おおもん》口。思わず武者震いの和太郎である。

芝居町も別世界だが、お歯黒溝《はぐろどぶ》と呼ばれる堀に四角く囲われた二万坪の遊廓はさらに異郷であった。出入口は大門のみで、遊女の数は三千人ともいわれている。鉄鋲の打たれた大門をくぐる。

「先生、ここが吉原ですよ」

「おお、これはまた、見事な眺めだ」

そろそろ夕暮れ、店々が行燈《あんどん》に明かりを入れている。徘徊《はいかい》する遊客は男ばかりだが、もちろん女も歩いている。籠《かご》の鳥の遊女も大門の外へさえ逃げ出さなければ、楼主《ろうしゅ》の許しで廓内《くるわない》を出歩けた。それに店の女中、茶屋に呼ばれる芸者、女髪結《おんなかみゆい》なども行ったり来たり。不夜城吉原はこれからが本番の絵になる景色である。

和太郎は思い出す、初めて吉原へ来た日のことを。幼馴染で遊び仲間の御数寄屋町《おすきやまち》の半次郎《はんじろう》と浅草で飲んでいて、え、おまえ、まだ行ってないのかい、と言われて、じやあ今から頼むよ、と連れてってもらったのが安い河岸店《かしみせ》だった。

それからは、ちょくちょく親父の目を盗んで、帳場から金を持ち出して、もう少し上の小店《こみせ》に通う。茶屋を通すような大籬《おおまがき》は最初から縁がなく、金もかかれば肩も凝るので小店ばかり。何度か通ううちに、気に入ったのができて、裏を返して馴染みになって、それから入れあげて、起請文までもらって、親父にばれて。

「びんのーほつーれーはー」

思い出すうち、また唄が出た。

「おい、大丈夫か」

「大丈夫、大丈夫。ここはあたしに任せてくださいな。大門を入って、そっちが四郎《し ろ》兵衛《べ え》の番所、こう真っすぐに伸びているのが仲之町《なかのちょう》、そっから、江戸一《えどいち》、江戸二《えどに》、角町《すみちょう》、京町《きょうまち》、せっかくだから、ちょいと冷やかして」

芳斎は呆れたように和太郎の顔を見る。

「和太さん、おまえ、なにか勘違いをしてやしないか」

「なんです」

「随分とうれしそうだが、遊びに来たんじゃない。起請文を調べて、菅井五郎右衛門殿の手がかりを探す。そのために来たのを忘れては困る」

和太郎は首筋を撫でる。

「そうなんですがね。こう、ぐるっと冷やかせば、なにか手掛かりが」

「それよりも、見たところ、この廓内は全部が全部、妓楼《ぎろう》というわけではなかろう」

「妓楼、女郎屋、もちろんですよ。ほら、そこに並んでいる店は引手《ひきて》茶屋っていいます。お侍なら大小預けて、ちょいと一杯やって、茶屋から店のほうへ案内してもらうんですよ。上等の大籬ともなれば、花魁《おいらん》が向こうから迎えに来る。それが花魁道中ね。京町から江戸町まで、もう艶《あで》やかなもんです」

「ふうん」

「でもね、あたしが通ってた小店はそこまで格は高くない。茶屋なんぞ通さず直《じか》にすっと入れます。で、馴染みの花魁がいる二階の部屋に案内されて」

「そんなことはどうでもいい。茶屋と妓楼のほかにも店はあるのだろう」

「ありますとも。揚屋《あげや》ってのが。これはね。相当にお高くて、お殿様とかお大尽《だいじん》とかが揚屋に花魁を呼んで飲み食いしたあとしっぽりいくという。一晩に何十両かかるやら。あたしらなんぞには生涯縁がありません」

　芳斎、首を振る。

「いや、だから、茶屋と妓楼と揚屋以外にも店があるだろう。これだけの大所帯が堀に囲まれているのだ。中の暮らしは」

和太郎、うなずく。

「あ、そうか、先生、そういう店ね。もちろんありますよ。魚屋もあれば八百屋《やおや》も豆腐《とうふ》屋もあります。蕎麦《そば》屋もあれば鰻《うなぎ》屋もあります。でも、廓内の蕎麦屋なんてのは外より割高。まあ、仕方ないけど。だから、あたしらなんか、先に浅草あたりで一杯やって、腹にちょっと入れて、それから田んぼ道を歩くという」

「食い物以外の店は」

「ええっと、そうだなあ。湯屋はあります。河岸店なんかは内湯がないから。それと、油《あぶら》屋、提灯《ちょうちん》屋、下駄《げた》屋、小間物《こまもの》屋、筆《ふで》屋」

「それだ」

「え」

「筆屋ならば、紙も扱っているだろう」

ようやく芳斎の考えがわかって、和太郎は左の掌《てのひら》を右の拳《こぶし》でぽんと打つ。

「なるほど、紙は紙屋ね。そういうこと」

「廓内のどのあたりにあるか、わかるか」

「ええっとね、ありましたよ。あたしはこの里には何度も来てるんだから。任せてください。ええ、筆屋、筆屋と。見たことあるんだ。たしか大きな筆の看板がぶらさがっている家が。ふでーにーもーはるーのー」

「唄ってないで、早く探せ」

「わかってますよ。へへ。まさか、廓まで来て筆屋を探すことになるとはなあ。筆おろしじゃあるまいし」

「なんだ」

「いえいえ、こっちの話。あ、あった、あった、ありましたよう」

大門からそんなに離れていないところに、三尺はあろうという大きな筆の看板が。

うなずき、おもむろに暖簾《のれん》をくぐる芳斎にくっついて、和太郎も店内へ。

「いらっしゃいまし」

愛想のよくなさそうなしわがれ声。帳場に座っているのは歳の頃は四十前後の貧相な顔の痩せた男。じろりとふたりを見る。

店には筆が何種類も並べられ、奥には硯《すずり》や墨《すみ》、紙の束などが積んである。

「なにをお探しでしょうか」

芳斎はぐるりと見回して、亭主に言う。

「ちと、ものを尋ねたいのだが」

亭主は仏頂面《ぶっちょうづら》をさらにしかめる。

「旦那、今ちょいと忙しいんで、そういうことなら、勘弁してくださいな」

芳斎は袂《たもと》をごそごそして、何気なくつまんだ一朱銀を亭主の前にちらつかせる。

「いや、さほど手間はとらせぬぞ」

一朱銀をちらっと見て、亭主はたちまち愛想がよくなる。

「さようでございますか。なんなりと」

芳斎はふところから三首の歌の書かれた紙を取り出す。

「この紙、こちらで扱っていようか」

「ちょいと失礼」

亭主は文を受け取り、うなずく。

「ほう、これはすかし入りの上等、花魁が起請文を書く誓紙でございますな。はい、うちで商っております」

「この吉原で紙を扱っているのはこちらだけかな」

「はい、筆屋はうち一軒だけでございます」

「どこの妓楼もここで誂《あつら》えるのか」

「いえいえ、わたくしどもの商いなどは、たかがしれております。大店《おおみせ》、中店《なかみせ》はたいていて出入りの商人が外から参ります」

「さようか。実はな、これにおるのはわしが出入りしている日本橋のさる商家の若旦那でな」

いきなり言われてとまどう和太郎。

「親の金を持ち出しては吉原通い」

亭主、心得顔でうなずく。

「よくある話でございますなあ」

「ところが、この若旦那、浮気者での」

「ほう、さようで」

「親の金でこそこそ遊ぶので、大きなところへは参らぬ。直に入れる小店ばかり。が、あっちこっちで馴染みになってな」

和太郎、なんのことかわからない。

「女から文が届いたのだが、歌が三首あるだけで、どの女からのものかわからず」

亭主は和太郎をじろっと見る。

「若旦那、そいつはいけませんや。吉原じゃ、浮気はご法度《はっと》、ばれたら出入り差し止めですぜ」

「それで、その紙、どこへ卸しているか、わかればと思ったのだが」

「うちに買いにくるのは小店がほとんどで、たぶん、そのうちのどこかでしょうが、小店といっても、たくさんありますからなあ」

亭主は再び文をじっと見る。

「あ、これは男の手ですね」

「わかるか」

「へへ、大店の傾城《けいせい》はたいてい学があったり芸が優れていたりしますが、小店や河岸店の女は読み書きができないのも多くて、文も起請も代筆でございます。近頃は元から刷った起請文もあり、花魁の名と妓楼名だけを書き込むようなことも」

「ほう、それは手軽でよいな」

「飢饉が続き、年貢の払えない百姓の娘たちの身売りが多くて、哀れなもんでございますが、そういう女たちには重宝されております。お客様にこんなことを申すのはあれですが、刷り物の起請でころっと騙される男もいて」

亭主はじろっと和太郎を見る。

そっぽを向く和太郎。

「ほう、これはなかなかの筆使いでございますな。立ちわかれ、別れたあんたにまた会いたいか。花のいろは、浮気はいやよ。東風《こち》吹かば、忘れないでね。なるほど、これは歌に託した恋文ですな。先の二つは百人一首ですが、道真だけが違うようだ。このたびはぬさもとりあへず、じゃ恋文にならないからか」

　それを聞いた芳斎、はっとする。

「なるほど、そうであったか」

「旦那、いかがなされました」

「いや、わかったぞ」

「へええ、若旦那の相方、それだけで、わかりましたか」

「うむ、よいことを教えてくれた。礼をいう」

　芳斎は亭主から文を受け取り、一朱銀を手渡す。

「おお、これは過分に頂戴し、ありがとう存じます」

　亭主は一朱銀を伏し拝む。

「若旦那、よろしゅうございましたな。今夜もこれから、お楽しみでございますねえ」

「ああ、いえ」

「ご亭主、もののついでにいまひとつ、尋ねたいのだが」

「なんなりと」

「遊女が外の客に文を送るにはどのようにいたすのか」

「それならば、廓出入りの町飛脚がございます。ただ、それでは受け取るのに都合の悪い方もおられますので、番頭や若い衆《し》が廓の外に用のあるときことづける、あるいは出入りの小間物屋なりが届けることも」

「相わかった。邪魔をいたした」

さっと店の外へ出る芳斎。和太郎はなにがなんだかわけがわからない。

「先生、なにかわかったんですか」

「うむ、わたしはまるで馬鹿だった。この三首の歌に書かれていたのに。どうしてこんなはっきりしたことを見落としたんだろう」

「なにがです」

「さ、帰るぞ」

「帰るって。今来たばかり、まだ、これからじゃありませんか、吉原の夜。ずうっと冷やかしながら。えっ、先生、ちょっと待ってくださいよう」

芳斎は大門をくぐって日本堤へ、そこから浅草とは逆に竜泉寺町《りゅうせんじまち》から下谷道へと出る。

「いったい。筆屋の亭主に一朱もはずんで、なにがわかったんですか」

それにはなにも応えず、無言で帰り道を急ぐ芳斎。その後を右足をひきずりながら和太郎が追う。

三

急ぎ足で梅花堂まで戻ると、暖簾はすでに下りていた。芳斎はがらっと格子戸を開けて、中へ。和太郎もそれに続く。

「おや、お帰りなさいまし」

帳場で片付け物をしていたお寅が顔を上げる。

「うむ、ただいま戻った」

「お早かったですね」

「おっかさん、ただいま」

挨拶もそこそこに芳斎は店内を見回す。

「卯吉はどこにおりますか」

「さっき、お湯に行きましたが、なにか」

「おかみさん、ちと頼みがあるのだが」

「なんでございましょう」

「道具を仕入れた帳面、二年前のものがあれば、見せてもらえませんかな」

「仕入れ帳ですね。ええ、ようございます」

お寅は帳場箪笥《だんす》の引き出しから、帳面を取り出す。

「二年前はこれでございますが」

「拝借します」

芳斎は行燈《あんどん》の灯で帳面を調べる。

お寅は怪訝な顔を和太郎に向ける。

「和太、いったいどうしたんだい」

「俺にもよくわからないんだ」

帳面を素早く繰っていく芳斎。

和太郎の腹がぐぐうと鳴る。

「おまえ、夕飯は」

「それが飲まず食わず」

「吉原はどうだったんだい」

「へへ、大門をくぐって、間もなくだよ。先生が筆屋で手掛かりを見つけたらしく、全然、冷やかしさえできなかった」

「冷やかしだって」

「だから、できなかったんだよ。おっかさん、飯は」

「まだこれからだよ。卯吉が帰ったらと思ってたんだけどね」

「じゃ、いっしょに食うよ。ああ、腹減った。昼からなんにも食ってないから」

「昼にけっこうたくさん食べたじゃないか」

「そうなんだけど、浅草まで行って、観音様にお参りしたあと、大川を見て、そうだ、観音様の裏手に芝居小屋ができてたけど」

「ああ、聖天《しょうでん》様のところだろ。猿若町《さるわかまち》っていうそうだよ。あたしももう何年も芝居なんて見てないねえ。おとっつぁんが生きてた頃は、たまにだけど、葺屋町に木挽町、連れてってくれたんだけどねえ」

突然、芳斎が「おおっ」と叫ぶ。

「どうしました、先生」

「あった、あった、思った通りだ」

「なにがあったんです」

帳面を見つめる芳斎。

「天保十三 壬《みずのえ》寅《とら》、二年前だな。九月六日、龍鼻の茶碗、三両にて」

「ええっ」

仰天する和太郎。

「お嬢さんの言ってた松平家の家宝の茶碗がうちに。しめた。それじゃ、これから本所相生町二丁目甚兵衛長屋までひとっ走り、すぐに知らせに」

「まあ、待て。これは一昨年の秋、金兵衛さんが三両で仕入れたというしるし」

格子戸を開けて、卯吉が帰ってくる。

「ただいま、戻りましたあ」

「あ、お帰り。台所に支度がしてあるから、お食べ」

「ありがとう存じます」

和太郎、卯吉に駆け寄る。

「卯吉」

「はい」

「龍鼻の茶碗、どこだい」

「なんでしょうか」

「おまえ、店の中にある品物、どこになにがあるか、たいてい全部憶えていると言ったたろ」

「はい」

「龍鼻の茶碗だよ」

「りゅうび、りゅうび、三国志《さんごくし》の劉備《りゅうび》の絵皿だったら」

「違うよ。龍の鼻の茶碗」

「え、龍の鼻ですか。龍の鼻、龍の鼻、ああそれなら、たしか」

「うん、どこだい」

卯吉、しばし考え込む。

「ああ、思い出しました」

「どこだい、どこだい」

「あの茶碗でしたら、そちらの棚にあったんです」

棚まで走る和太郎。

「この棚か」

「はい」

「棚のどこだ」

「清水焼《きよみずやき》五番の横に」

「五番、どこだよ」

「その横にあったんですが、去年に売れちゃいました」

「ええっ、売れた」

和太郎はがっくりと肩を落とす。

「和太さん、そう早まるな。ここに朱で天保十四 癸卯《みずのとう》八月、五両にて、と書かれている」

「なんだ。先生、早くそれを言ってくださいよ」

「言おうとしたら、おまえさんが、あわてて卯吉に問いただすから」

「うーん、残念。せっかくこれから本所相生町まで飛んでいこうと思ったのになあ。売れちゃったのかあ」

芳斎は卯吉に問う。

「どんな茶碗か、憶えているか」

「龍鼻の茶碗、はい、たしか、それほど龍の鼻には見えないなあ、と先の旦那様がおっしゃってたように思います」

「帳面には客の素性が書かれていないが、卯吉、なにか憶えていないか」

「たぶんお侍だったように思います。暮らしに困って先祖代々の品を手放したいとか。そうそう、たった三両かと残念がって笑ってたような」

「じゃあ、そいつがまたたび小僧でしょうか」

「あるいは、その仲間か」

考え込む芳斎。

「ああっ、そうだわ」

お寅がびっくりしたように大声を出す。

「おっかさん、びっくりさせるなよ」

「思い出したんだよ」

「なんだい」

「あれですよ。三両で仕入れて、一年前に五両で売った茶碗。ほら、先生が初めてここへいらした日、偽侍《にせざむらい》に強請《ゆす》られて」

「うむ」

「あの前日に、商人に化けたあの悪党が買っていった茶碗です」

「なに、あの役者くずれが」

「そうでございます」

芳斎、腕を組んで思案する。

「一昨年、またたび小僧に盗まれた茶碗、大名家の家宝、名器であるならば、それをわずか三両で売るとはいかがなものか。また、目利きに優れた金兵衛さんが値踏みしたのだから、買い値が三両として」

お寅が横から口をはさむ。

「せいぜい、売り値は六、七両」

「大名家の家宝といっても、案外、値打ちはそんなものか。それを一年後に役者くずれの悪党が五両で買い取った。悪党同士どこかでつながっていることもありえる。和太さん」

「はい」

「おまえ、義平親分の家はわかるかい」

「そりゃ、すぐこの近所ですから」

「案内してくれ」

「え、今から」

「餅は餅屋というからな。悪党のことなら、玄人《くろうと》の親分が詳しいだろう」

「はい、わかりました。腹減ってんだけどなあ」

「提灯を用意しとくれ」

「へーい」

「いえ。おい、卯吉」

「なんだ」

四

天神下の義平の家は梅花堂からそう遠くない。通いの子分はいるが、女房に先立たれて、義平は独《ひと》り暮らしであった。

「ほう、こりゃおそろいで。今、吉原のお帰りですか」

にやにやと笑みを浮かべ、義平はふたりを迎え入れる。

「秋の北州、首尾はいかがでしたかな」

「まずまずというところ」

「そうでしょう。やっぱり、先生は容子がいいから、さぞお持てに」

「いやいや、妓楼には上がっておりません」

「ほう、冷やかしですか。さぞ、煙管の雨が降りましたろう。そんなところではなんですから、どうぞ、お入りください。これから手酌で一杯やろうかと思っていたところ。さ、おふたりとも、どうぞ、どうぞ」

「それはありがたいのですが、実は、親分のお力をぜひお借りしたくて、うかがった次第です」

「ほう、うれしいですねえ。お世話になっている先生のためなら、あたしでよければ、なんなりと。ま、そんなところで立ち話もなんです。どうぞおあがりを」

「恐れ入ります」

「和太郎さんも、さ、どうぞ」

「親分、おじゃまします」

芳斎はさっそく切り出す。

「実は、昼に少しお話ししたと思うが、行方知れずの浪人、吉原でひとつ手掛かりがつかめましてね」

「ほう、さすが千里眼の先生」

芳斎が一通り茶碗の一件を伝える。

「なんです。お大名の茶碗が。はあ、またたび小僧。へええ、梅花堂さんで、ほう、ほう、それは、それは。えええっ、あのときの、ふーん、はい、はい。それであたしんところへいらした」

「そういうわけです。親分は役者くずれの七化けとかいう悪党をたしかご存じとか」

義平は大きくうなずく。

「ええ、知っておりますとも。権左の野郎、このところ、小芝居に出ていましてね。あんまり悪さの噂は聞かないんです。が、お大名がまたたび小僧に盗まれた家宝を金兵衛さんが買って、それを今度は野郎が買ったとなりゃ、裏でつるんでるに相違ねえや。こいつは尻尾《しっぽ》をつかまえなきゃなるめえ」

「親分、その権左の居場所、知っていなさるか」

「ええ、なにか悪さしたらふん縛ろうと思って、やつのねぐらだけは押さえてあります」

「こんな刻限に悪いのだが、案内してもらえますかな」

「おう、ようござんす。そういうことなら、善は急げ、今すぐ参りましょう」

「権左の住まいは」

「浅草田原町《たわらまち》の裏長屋、なあに、ここからなら、そう遠くありませんよ。うまく行きゃあ、今度はまたたびをお縄にできるかもしれませんね。すぐ支度しますんで、ちょいとお待ちを」

昼間と同じ道を下谷から浅草方面に向かって歩いていく。

「おう、ごめんよ」

田原町の裏長屋。そのうちの一軒、閉められた戸に向かって義平が声をかける。

「だれだい」

中からよく通る声で男の返事があった。

「俺だよ。天神下の義平だ」

「あ、親分ですか。なんか用ですかい」

「ちょいと御用の筋で聞きたいことがあってな」

「締まりしてないんで、開けて入ってくださいな」

義平はがたぴしと戸を開け、土間へ。

「おう、夜分、邪魔するぜ。あ、一杯やってたのか、こいつは悪いな」

九尺二間《くしやくにけん》の侘《わ》び住まい。盆に徳利と漬物の小皿。ちびちびと茶碗酒を飲んでいるのは三十過ぎの色男。七化けの権左であった。

「なんです、親分、御用の筋たあ」

「別におめえを召し捕る気はねえよ。ちょいと尋ねたいことがあってな」

「親分も御承知の通り、あたしは今では足を洗って、小芝居だけど、ちゃあんと役者をやってるんですよ。御用とはいったいなんの御用ですか」

　義平は外のふたりに声をかける。

「先生、和太郎さん、お入りなせえ」

「ごめん」

「おじゃまします」

　入ってくる二人。行燈の灯りに照らされた芳斎を見て権左ははっとする。

「あ、おまえさんは」

「久しぶりだな」

「おやおや、あのときの。その後、お名前はしょっちゅううかがっておりますよ。千里眼の芳斎先生、でしたかね。で、そちらのお若い方は」

「梅花堂の和太郎と申します」

　権左はぐいっと酒を飲み干す。

「なんです、親分、みなさんおそろいで。なにかの茶番ですか」

「この顔ぶれがそろったんだ。おめえも大方察しがつくと思うが、権左、今からちょうど一年前、こちらの梅花堂さんで騙《かた》りを働き、百両騙《だま》し取ろうとしただろう」

権左は顔をしかめて、ふんと鼻を鳴らす。

「そのことなら、忘れもしません。ようく憶えておりますとも。湯島の道具屋、梅花堂では主が死んでおかみさんひとり。間口の狭い地味な店だが、けっこう金目の品がそろってる。内証《ないしょう》は裕福と聞いて、そこで一芝居打ちました」

「そうだろう。侍に化けて店に立ち寄り、茶碗が気に入ったから、後で取りに来ると言って、なかなか行かない。冷やかしだったかと思った頃に商人に化けて、茶碗を買っていく。翌日、先《せん》の侍に化けて、茶碗がなければ百両寄越せの大芝居」

「欲をかいて百両なんて言っちまったのが大間違い。十両だったら、おかみさん、すんなり出してくれたかも。百両だから向こうも驚いて、さあ、さあ、さあとやってるところへ、しばらく、しばらく、割って入ったのが編笠の浪人。ぬしゃあ、偽侍だろうと、化けの皮をはがされました。芝居になりそうないい一幕でしたよ」

徳利の酒を手酌で茶碗に注いで、ぐいっと飲む。

「見破られたのは後にも先にもそれが一度っきりだが、あたしは、思ったんです。こんなことをしていると、いつこの首が飛ぶかしれない。首が飛んでも動いてみせるのは板の上だけですからねえ」

「おめえ、あっちこっちで騙った稼ぎ、合わせりゃ十両をくだるまい」

「さあ、どうですか。先生に見破られたちょうどそのころ、御禁制も緩んで三座は浅草で盛り返し、小芝居もあっちこっちで打たれるようになりましてね。昔とった杵柄《きねづか》、そこそこに口がかかり、悪事とはきっぱり縁を切りました。今じゃ、悪い了見も改めて、宮地芝居《みやち》で二枚目、敵役《かたきやく》、女方、なんでもござれの鯉川権三郎《こいかわごんざぶろう》、どうぞ、隅《すみ》から隅までご贔屓《ひいき》に」

権左は見得《みえ》を切るように大げさな所作で頭を下げる。

「おめえに聞きたいのは、一年前のあのとき、五両で茶碗を買っただろ。それはどうした、どこかへ売っ払ったか」

「ああ、あのつまらない茶碗ね。あんなものに五両も取られた上に、化けの皮をはがされたんだ。あれは、ほら、ここにこうして取ってあります。毎晩、これで一杯安酒を飲みながら、二度と馬鹿な悪事はずまいと己を戒《いまし》めるために」

はっとする芳斎と和太郎。

「ほう、それがあのときの五両の茶碗か。安酒でもさぞうまかろうよ」

「おっしゃる通り。これで飲むと安酒がまるで灘《なだ》か伏見《ふしみ》の特上のように不思議にうまいんです。なるほど、そう思えばいい買い物だったかも。で、なんです、親分。この茶碗に御用ですか」

「実はな、さるお大名に盗人が入って、ご家来が殺された。その盗人というのが、今評判のまたたび小僧だ」

「へええ」

「そのとき盗まれた茶碗、どういうわけか、梅花堂が買った。それを今度はおめえが買った。そこにあるのがその茶碗だよ」

「へえ、またたび小僧がねえ。こんな茶碗がお大名の」

「おめえ、ほんとはあの盗人と、つるんでやしめえな」

「なにをおっしゃる。あたしは騙りはすれど、盗みや非道はいたしません」

「騙りだって立派な非道だぜ。おめえがまたたび小僧とつながりがないのなら、それでもいいや。ま、そういうことだから、権左、すまねえが、その茶碗はわけありだ。こっちに返してもらおうか」

「そうですか。これがわけありねえ。でもね、親分。この茶碗はあたしが二度と悪事をすまいという戒めの茶碗、しかも五両という大金で買ったんですよ。それをただ返せとは」

「返さねえと、おめえ、引き合いでお白洲《しらす》へ呼び出すぞ。おうっ、そうなりゃ、叩けばほこりの出るおめえだ。無事に娑婆《しゃば》にゃあ戻れめえ」

「そいつは困った。お芝居の出番に穴があきます」

「さあ、こっちへ」

「さあ」

「いっそ憎い茶碗だわい」

権左は茶碗を振り上げる。

「おおっ、どうする気だ」

「これはあたしが買ったあたしの茶碗、どうしようとあたしの勝手さ。憎いから、こうして叩き割って」

「おっと、そいつはいけねえ」

「自分で買った茶碗、安酒に酔っぱらって、手元が狂って割れました。といえば、それでもなにかのお咎《とが》めになりますかえ」

「うーん」

「あ、手元が狂いそうだわえ」

「待ちねえ、待ちねえ」

「さあ、どうします。これでも只で取り上げますか」

芳斎は笑う。

「権左とやら、なかなかいい芝居をするではないか」

「芝居ですって。あたしは本気ですよ、先生。こんな茶碗、惜しくもないが、お白洲と言われれば、こうでもするしか」

また振り上げる。

「わかった、わかった。おまえさんの気持はよくわかった。只で返せだの、お白洲だのというのは、わたしも気の毒に思う。そこでものは相談だが、おまえさんが買った茶碗、わたしが買い戻すというのは」

「え、ほんとですか」

「うん」

「いくらで」

「五両で買ったんだから、五両でどうだ。悪い話じゃなかろう」

「さすがに芳斎先生、話がわかるお人だ。一年前に騙りにしくじって、つぎ込んだ五両。返していただけるのなら、それはうれしゅうござんす。この茶碗で毎晩飲む酒、さっきも言ったように不思議にうまい。そのおかげであたしは真人間になれたんです。あのとき見破っていただいた先生にはお礼を言いたいくらいですよ」

「では、聞き分けてくれるのだな」

「でもねえ。今、親分がおっしゃった。これがお大名のお道具。見たところ、あんまりいい出来とは思えませんが、そのお大名のところへ戻った日には、さぞやお礼もたんまりなんじゃありませんか」

「こいつ、足元見やがって」

　義平は鼻をふくらませる。

「どうです、先生。もう一声」

「はっはっは、こいつはわたしが一本取られた。芝居もうまいが度胸も気に入ったよ。だが、わたしとてそんなに持ち合わせはないのでね。どうだろう。ここに十両ある」

　芳斎は懐から金包みを取り出し、小判を十枚、畳に並べる。権左ばかりか、義平も和太郎もいきなり出てきた大金に目を瞠《みは》る。

「へっ」

「これで手を打ってくれないか。五両は一年前におまえさんが損した分、あとの五両は悪事と縁を切り役者として出直したおまえさんへの祝儀だ。どうだえ、鯉川権三郎さん」

「十両ですか。もう一声」

「なにをっ」

睨みつける義平。

「と言いたいところではありますが、先生のお志《こころざし》、ありがたく頂戴いたしとう存じます」

深々と頭を下げる。

「わかってくれたか」

「はい、悪事をしくじったその上に、こんなにまでしていただいて、うれしゅうございます。では、これは遠慮なく」

畳の上の十両を手元に引き寄せる権左。

「おうっ、権左、二度と悪さはするんじゃねえぞ」

「わかってますよ、親分。さ、梅花堂さん、飲みさしで申し訳ありませんが、どうぞ」

権左はそのへんの布巾《ふきん》で拭った茶碗を和太郎に差し出す。

「大事にお持ち帰りくださいな。ああ、茶碗はそれひとつだったんですよ。それがなければ、こうするしかない」

徳利に口をつけてごくごく飲む権左。

「権左、言いすぎて、すまなかったな。勘弁しろよ」

「いいえ、親分。あたしは今夜、先生にお会いして、一年分の憂さがすうっと晴れました。明日からの芝居、力が入ります」

「それはよかった。では、これで失礼するよ」

「あの、先生」

出ていこうとする芳斎を権左が呼び止める。

「ひとつお聞きしたいのですが」

「なにかな」

「あたしは騙りでしくじったことは一度もなかったんです。どうしてあのとき、あたしが偽侍だとわかったんですか」

「ああ、そのことなら、おまえさんの芝居がよすぎたからだ」

「えっ」

芳斎の意外な言葉に権左は驚く。

「おまえさん、根っからの役者だね。あの侍の芝居、上出来だったが、本物の侍ならあそこまで見物をうならせる大芝居は打つまいよ。わたしは店先で見ていて、感心したのさ」

「へえ、先生は芝居がお好きなんですか」

「江戸の芝居は観てはいないが、上方《かみがた》にしばらくいたころ、京大坂の芝居は一通り楽しんだ」

「そうでしたか。芝居はやっぱり上方が本場ですからねえ」

「おまえさん、なかなかできるよ。精進して、いい役者におなりなさい」

「うれしいお言葉。ありがとう存じます。みなさま、おかまいもしませんで」

長屋の路地を去っていく三人にいつまでも頭を下げる権左であった。

浅草から下谷に向かう新寺町《しんてらまち》の通りは両側に寺が並び、その門前町が続く。

ぐぐうう。和太郎の腹が大きく鳴った。

「和太さん、そういえば、昼飯からあとなんにも食ってなかったね」

「へへ」

「付き合わせて悪かった。わたしは、こういうことに夢中になると、つい食べるのを忘れてしまう」

「そいつはからだによくありませんぜ」

「親分、田原町までご案内いただき、盗まれた茶碗が見つかったのは、親分のおかげです」

「なにをおっしゃる。先生にはどれほど助けてもらっっているか。こんなのはお安い御用でさあ」

「いや、そう言われては恐縮です。和太さんも空腹の様子だし、親分の晩酌を邪魔した形になってしまった。どうです。どこかでお礼がてら一献」

「へえええっ、そいつはうれしいねえ。先生と知り合ってもう一年になるが、酒を飲むなんて、初めてだ。いいんですかい」

「親分はいける口と見たが」

「千里眼には隠せません。実はね、今さっき権左の野郎が飲んでいるのを見て、喉《のど》が鳴っちまって」

「和太さん、おまえも飲むだろう」

「ええ、いただきますが」

「遠慮はいらない。今夜はわたしのおごりです。親分、手ごろな店は御存じかな」

「任せてください。湯島から下谷にかけては、顔がききますから」

義平がふたりを案内したのは下谷町《したやちょう》の小ぎれいな店だった。

「あら、親分、いらっしゃいませ」

店のおかみは三十過ぎの粋な年増。表の提灯は灯っていたが、店内に客はいなかった。

「そろそろ店じまいかい」

「いいえ、親分のお顔を見たんじゃ。これからですよ」

「うれしいことを言うじゃねえか」

「うれしいのはこっちです」

「ちょいと奥の座敷を借りるぜ」

「どうぞ、どうぞ」

「あ、それからな。ここにいらっしゃるのが、ほら、今湯島天神で評判の千里眼、鷺沼芳斎先生だ」

「あらあ、あの芳斎先生ですか。どうしましょ」

おかみはもじもじする。

「なにしてんだよ」

「だって、なんでも見通す先生でしょ。着物の中まで見通されたら恥ずかしい」

「馬鹿言ってんじゃねえや。こちらが湯島天神梅花堂の旦那様だよ」

「まあ、お若いわねえ。いい男。どうぞ、ご贔屓にしてくださいな」

「いいから、酒となにかみつくろって持ってきてくれ。先生、いける口ですかい」

「まあ、ほどほどに、いただきます」

五

ありりゃ、ここはどこだい。

野っ原で男たちが勢ぞろい。尻端折《しりはしょ》り、襷《たすき》に鉢巻《はちまき》、手に手に竹槍や木刀を持っている。あ、俺もその中のひとりだ。

十手を振り上げている太った男は飯岡の助五郎。

「みんな、抜かるんじゃねえぞ。ひとり残らず生け捕りにするんだ」

ああ、馬鹿だなあ。中じゃ笹川が鉄砲かまえて、今か今かと手ぐすね引いてるんだ。このまま真っ先に突っ込んで男を売ろうなんてやつは、みんな犬死にだぜ。

「逃げるやつは、かまわねえ。味方でもなんでも背中から竹槍で突き殺せ」

「おうっ」

掛け声だけは威勢いいが、みんな死ぬんだよ。俺はいやだね。早くここからずらかって、江戸に戻って吉原だ。

「おう、おう、おめえ、逃げるんじゃねえ」

あ、見つかったか。

飯岡の助五郎が長脇差を振り上げて、追っかけてくる。

わあ、振り向いたら斬り殺される。

さんざん走って、走って、しまった。足を挫いた。が、後ろの気配はもうない。ここまで来れば安心と、振り向いたらそこに助五郎が刀を振り上げていた。

あ、おとっつぁん。よく見ると助五郎と思ったのは親父じゃないか。

堪忍してくれ。

「逃げるやつは許せねえ」

おとっつぁん、勘弁。

「背中を見せるやつは、ばっさりだ」

うわあああっ。

「和太、なに大きな寝ごと言ってるんだい」

「え、今のは夢か」

「馬鹿だねえ。寝ぼけてんのかい。ええ、今何刻だと思ってるんだい。もうとっくに八つは過ぎてるよ」

「え、そんなに」

「いつまで寝てる気だい」

「起こしてくれりゃいいじゃねえか」

「何度も起こしてるよ。朝から昼から。起きないのはおまえのほうだ」

思えば、あの下総の出入りから、まだ十日ほどしか経っていないのだ。命からがら江戸に戻ったのが一昨日で、昨日は一日中、芳斎の謎解きの手伝いで、吉原や浅草を行ったり来たりしていた。

俺はまだほんとうは下総にいて、江戸に帰ったのが夢だろうか。頰っぺたをつねってみる。

「痛っ。おっかさん、俺、いつ帰ってきたんだっけ」

「憶えてないのかい」

「ああ、胸がむかむかする」

「飲みすぎたんだよ。べろんべろんになって、遅く先生と」

「ゆうべかい」

「ああ、もう朝に近かったけど」

「じゃ、先生は。先生もべろべろに」

「先生は酔ったりなさらないよ。べろべろはおまえだけだ。先生に迷惑かけて、この馬鹿が」

「昨日は昼に食ったただけで、あっちこっちうろうろして、疲れて空《す》きっ腹にぐいぐい飲んだんだ」

「おとっつぁんも酒に飲まれて死んだようなもんだよ。飲むなとはいわないけど、ほどほどにおし」

「うっ」

「そんなとこで吐くんじゃないよ」

「おっかさん、俺はもう、一生酒なんか飲みたくないや」

「顔洗って、はやく昼飯食いな。おまえの分、残しといてやったから」

芳斎は窓の外を眺めながら、煙草をすぱすぱやっていた。和太郎は重い足取りでゆっくりと階段を上がった。

「先生、どうも、おはようございます」

「そろそろ七つが近いんじゃないか。秋の日は釣瓶落としというからな。あっという間に夕闇だ。まあ、おはよう」

「ゆうべはどうも、失礼いたしました」

「おまえさん、あんまり酒は強くないな。あれしきの酒で酔っぱらうとは」

「あれしき。どれぐらい」

「わたしと親分とおまえと三人で、そうだなあ。五升か六升か、もう少しいったかな」

「ええっ、そんなに」

三人で五升か六升。かなりの量である。

「親分は強いね。あの人は年季が入ってる。一升や二升はなんともないね」

「ああ、そうですか」

「おまえさん、たった一升や二升の酒で、あんまりみっともない。酒は楽しく飲むもので、飲まれてはいけない」

「あたし、一升や二升も飲んだんですか。ひとりで」

「うん、三人で同じように飲んだから、そんなもんだろう。おまえの父御《ててご》、金兵衛さんは強かったなあ。おまえさんも酒飲みの血筋ならいける口かと思ったが、姿かたちは似ても、そっちばかりは別かもしれない。これからは気をつけるがいい」

「どうもすいません。全然憶えてないんで」

「そうだろう。急に大声張り上げて唄ったり、あんまり酒癖もよくない。それからお嬢さんがどうのこうのと、あれはお松さんのことか」

「あっ」

それで思い出した。

「あの、茶碗は無事に」

「うん、おまえに持たせておいたら、割れたりすると困ると思って、わたしが持って帰ってきた」

「ありがとうございます」

「そこにあるよ。見てごらん」

「あ、ほんとだ」

文机の上に置かれた龍鼻の茶碗。

「よかった。先生、これが駿河安部藩松平家の家宝、龍鼻の茶碗ですね」

「そうだよ。朝にちょっと水でゆすいだが」

「でも、こんな大名家のお宝を、親父がなんで三両で買ったんでしょう」

「金兵衛さんは目利きだったからな。それだけの値踏みをしたんだ。三両で買ったということは、売り値としては五両、いって八両ってところかな」

「へええ。それでも決して安くはないが、大名家のお宝ですからねえ」

それを芳斎は十両で買い戻したのだ。

「先生、ゆうべ、よく十両なんて大金をお持ちでしたね」

「うん、もしも茶碗に行きつけば、買い取ることもあるかと考えてね。出る前に用意しといた」

「それにしても、先生、言っちゃ失礼だが、諸国を旅してまわって路銀は相当にいるでしょう。けっこうお金持ちなんですか」

「そうでもないよ。だが、ここにいる間はほとんど金を使うことがない」

二階にじっとして、湯屋か天神様のお参りか、不忍池を眺めるか、総髪だから髪結にもいかず月代も剃らない。髭ぐらいは自分で剃るだろう。江戸見物もしなければ、外で飲み食いもしない。吉原で遊ばない。

半年前、日本橋の加賀屋から尋ね人の礼金が五十両入ったという。他にも失せものなど頼みに来る人がいれば、その都度謎を解いて礼金を貰っている。梅花堂に道具を売りに来る客がいれば、値踏みをしてお寅から割り前を貰う。

「先生って、普段お金を使うことはあるんですか」

「たまに湯に行くなあ」

「たまにですか」

「おまえさんみたいに若くないから、脂っ気がないのさ。家でじっとしていると汗もかかない」

「はあ」

「卯吉に頼んで、ときどき、煙草と瓦版を買ってきてもらう」

「煙草代かあ」

「あ、それに飯代と店賃でお寅さんに月々二分」

「ええっ、先生、おふくろに金を、月に二分も」

年にして六両である。

「うむ。最初のうちは、目利きさえすれば寝泊まり飲み食いは不自由しないということだったが、やはり只では気が引ける。旅籠《はたご》に泊まれば一晩で二百文はする。ということで、せめて二分なりと」

和太郎は考える。お寅が先生を引き留めたのはせがれの目利き指南を頼むこともあるだろうが、月々の店賃も捨てがたかったのではなかろうか。おふくろ、しっかりしてるぜ。

「あっ」

「どうした、和太さん」

「いえね。次々とあっち行ったりこっち行ったりで、肝心のことをうっかりお尋ねするのを忘れておりました」

「なんだね」

「吉原の筆屋で先生が亭主に一朱渡して聞き出した文の一件。あのとき、先生がわかったとおっしゃったでしょ。はなから茶碗が梅花堂にあったことが」

「ああ、そうだ」

「どうして急にわかったんです」

「それなら、わたしが馬鹿だったのさ。最初から文に書いてあったんだから」

「へ、最初から文に」

「ぼんやり見るのと、しっかり見通すのとでは違うと、おまえさんに言ったばかりなのに、わたしとしたことが、文をぼんやり見ていた」

「どういうことです」

「ほら、よく見てごらん」

芳斎は歌の書かれた文を示す。

立ち別れいなばの山の峰に生ふるまつとし聞かばいざ帰り来む
花の色はうつりにけりないたづらにわが身世にふるながめせしまに
東風吹かばにほひおこせよ梅の花あるじなしとて春な忘れそ

「筆屋の亭主が言った言葉で、はっと気がついたのだ。これは茶碗のありかを示す歌だと」

和太郎は首を傾げる。

「どこがいったい」

「菅井五郎右衛門殿は、二年前に盗まれた茶碗がその後、梅花堂に売られたということを突き止められたのだ。ただし、一年前に役者くずれの権左が買ったところまではご存じなかったのだろう。三首の歌に託して、お松さんに龍鼻の茶碗が湯島天神脇の梅花堂にあると伝えたのだよ」

そう言われてもさっぱりわからない。

「やっぱり、あたしにはわかりません」

「三首とも、だれでも知っている歌だが、ほら、よく見てごらん。行平の立ち別れの立ちはタツ、小町の花の色の花はハナ、つまりタツのハナで龍鼻。この二首で龍鼻の茶碗を示している」

「わあ、そういやあ、そうかも」

「そして菅原道真の歌、これは天神、梅の花で湯島天神脇の梅花堂を示す」

「なるほど」

「最初の二首は百人一首で、タツとハナはたやすく思い浮かぶ。が、湯島の梅花堂を示すような歌は百人一首にはない。だから、道真の歌を他から持ってきた。あるいは逆に道真の歌を最初に思いつき、タツとハナを百人一首から探し出したのかもしれんが」

「でも、なんでまた、そんなまどろっこしい真似を。龍鼻の茶碗が梅花堂にあると、そう素直に書けばいいじゃありませんか」

「五郎右衛門殿はおそらく、囚われているのだろう」

「どこにです」

芳斎は腕を組む。

「たぶん、起請文の紙からして吉原の中、そして絶えず見張られているに違いない。そのすきをついて、たまたまあった誓紙に歌を書いた。これならば、たとえだれかの目に触れても、ただの歌だ」

「だけど、お嬢さんにもわからなかった」

「お松さんがここへ来たのはわたしを訪ねてだが、歌は龍鼻の茶碗のありかを最初から伝えていたのだ」

「ふうん」

「とりあえず、茶碗が戻ったことをお松さんに伝えなければ」

たちまち目を輝かせる和太郎。

「あっ、それなら任せてください。あたしが今すぐ、本所相生町二丁目の甚兵衛長屋に飛んでいきます」

「飛んでいくって、おまえ、二日酔いは」

「はい、もうすっかりいいです」

「長屋の場所はわかるのかい」

「わかるのかいはひどいなあ。先生、あたしはこれでも江戸っ子の端くれですよ。三年江戸を離れちゃいたが、ええっと、本所。ちょいと、切絵図をお借りします」

「その棚にいろいろそろってる」

「ははあ、これは親父の集めたやつですね」

「うん。わたしも昨日、そこから借りたんだ」

「本所絵図、これだな」

絵図をたどる和太郎。

「そうか。こっからだと、下谷御成道《おなりみち》をずっと南へ行って、神田川に沿って東へ行けば大川か。けっこうあるな。で、両国橋を渡って、あ、回向院《えこういん》の裏手、竪川沿い。はい、わかりました。だけど、このなりじゃ」

襟《えり》を合わせて、首を振る。

「ちょいと着替えなきゃな」

頭を押さえて、顔を撫でる。

「こっちは昨日の朝に髪結床《かみゆいどこ》へ行ったばかりだから、まあ、いいか」

「おい、大丈夫かい」

「大丈夫ですよ。お嬢さん、この刻限だと、まだ手習いかな。いや、もう終わって、ひとり、手習いの片付けなんかしててね。あたしが行くと、あらあ、なんてうれしそうに」

階段を静かに上がってくる卯吉。

「先生、お客さんです」

「目利きかい。それとも」

「昨日のお嬢さんです」

「ええっ、どうしよう」

身をよじるようにうろうろする和太郎。

「和太さん、おまえがあわててもしょうがない。卯吉」

「はい」

「上がってもらいなさい」

「へーい」

六

お松は畳に手をつく。

「芳斎先生、そして」

和太郎にちらりと目をやり、とっさに名前が出てこないのか、言葉を詰まらせる。

「御主人、昨日に引き続き、ご厄介をおかけいたします」

和太郎、興奮して声が甲高《かんだか》くなる。

「お嬢さんっ」

「はい」

「お喜びください」

「え」

「見つかりましたよ」

「まあ、父が見つかりましたか」

驚くお松を芳斎が制する。

「いや、お父上はまだですが」

「はあ」

「龍鼻の茶碗が見つかったのです」

「えっ、それでは」

「今、これから、和太さんを知らせにやろうとしていたところです」

「さようでございますか。龍鼻の茶碗が昨日の今日にさっそくとは。なんと申してよいやら。芳斎先生のご心眼、敬服いたします」

和太郎はうれしそうに文机の茶碗を指し示す。

「お嬢さん、そこに。それが龍鼻の茶碗でございますよ」

「おお、これが。先生、御主人、ありがとうございます」

「ねええ、よかったですよねえ、お嬢さん。これさえあれば、お父上はお屋敷にお戻りになれますよ」

「はい、でもまだ、父の行方が」

お松は肩を落とす。

「して、お松さん、今日はまた、なにか新たなことでも思い出されてか」

「今日うかがいましたのは」

お松は懐から一通の文を取り出す。

「昼、手習いをいたしておりますと、また、このような文が届けられました」

「なにっ」

芳斎はその文を手に取る。

「やや っ」

そこには歌が一首。

難波潟《なにわがた》みじかき蘆《あし》のふしのまもあはでこの世をすぐしてよとや

「おお、これは」

「やはり父の筆遣いでございます」

「なるほど」

「先生、なにか、おわかりでしょうか」

「うむ。お父上は七月より姿を隠され、茶碗の行方を突き止められた。が、身柄を何者かに押さえられておられるのではと」

「父が身柄を」

「見張られておられるのか、ようやく紙を手に入れられて、他の者の手に落ちてもわからぬように、茶碗のありかを歌に託された」

「父はいったいどこに」

「おそらくは吉原のどこかに」

「吉原、あの廓の吉原でございますか。父がなにゆえそのようなところに」

「それはわからぬが、吉原のどこかに囚われておられよう。そして、その居場所をあなたに伝えているのが、今回のその歌」

「これが」

「おそらくは。その文は吉原で傾城《けいせい》が起請文を書くときの上質の紙。また、歌にあるみじかき蘆、蘆とは吉の同意。吉原の難波を表す場所におられるのではないか。その場所にいて、あなたに会えないのがつらいと」

芳斎はぼおっと話を聞いている和太郎に声をかける。

「和太さん」

「はい」

「ここは吉原に滅法詳しいおまえさんの出番だ」

びっくりする和太郎。

「え、吉原。吉原ってなんでしたっけ」

「おまえがいつも行く」

「吉原に、あたしが。とんでもない。吉原なんて、話に聞いたことはありますけど、どんなとこです」

「なに言ってるんだ。昨日、いっしょに行ったじゃないか」

「え、行きましたっけ。あ、あそこが吉原ですか」

「おまえ、さんざん自慢したじゃないか。吉原の廓は自分の家の庭みたいなもんで、隅から隅まで知り尽くしている。どこの通りにどんな店があって、どの路地にどんな猫が何匹いるかまで知っていると」

「いやだな、先生。そこまで言ってませんよ。話を大きく作らないでください」

くくっと笑いを堪えるお松。

「そりゃね、幼馴染の半公と前を通って、ちょっと音に聞く吉原の中がどんなのか、話の種に冷やかして歩いたことはありますけど」

「幼馴染じゃなくて、馴染みの花魁に起請文まで貰ってるだろうが。起請文を貰うなんてのは、並大抵のことじゃない。相当に通《かよ》って入れあげたからだろう」

「うーん」

和太郎は唸る。

「そのおかげで今回の茶碗の謎が解けたんだ。ここまできたら、もうとぼけなくていいよ。お松さんにはばれてるから」

堪えきれずに袂で口元を押さえながら笑うお松。

「え、ばれてました。へへ、しょうがねえなあ」

「おまえ、吉原の小店で、難波のつく店。あるいはこの歌は伊勢《いせ》だから、伊勢屋か。難波屋か伊勢屋、知らないか」

「それでしたら、伊勢屋ってのはあります。けど、あれは大籬、あたしらには縁がありません。小店はだいたい五十軒ぐらいかなあ。この歌からいうと、難波潟が一番上にあるから、難波のつく小店が考えられますが、あと、あはでで阿波屋《あわや》、最後のよとやで淀屋《よどや》もあるかと思うんです」

「おお、なるほど」

「へへ、で、そこの親父の書物棚に吉原細見でもあればいいんですが、あいにく親父は堅物でそんなものないし、まあ、あたしの憶えているところでは、阿波屋と淀屋は思い当たらず」

「さすがに、あわで、よとや、そこまではひねらないだろう」

「そこで難波潟なんですが、字は違うけど浪の花で浪花屋《なにわや》というのが京町二丁目にあります」

「おお、それに違いない。やっぱり詳しいな。吉原はおまえさんの庭だ」

「よしてくださいよ。実はね。浪花屋、あたし、いつも通ってたところ。あ、ちょっと冷やかしに」

「おまえさんの馴染みの店が浪花屋。それは好都合だ。お松さん。その文もまた同じ誓紙のすかし入り。お父上はまだ吉原に違いない」

「では」

「これからお父上を見つけに参る。和太さん、吉原に滅法詳しいおまえさんに案内頼む」

お松も頭を下げる。

「和太さん、わたくしからもお願いいたします」

お松に和太さんと呼ばれ、和太郎はうれしさに身もだえる。

「はいっ、合点《がってん》承知」

「ならばわたくしも同道いたします」

お松の言葉に驚く芳斎。

「いや、吉原は女人禁制」

「せめて入り口なりとも」

「和太さん、どうする」

「うーん、そうだな」

和太郎は腕を組んで思案する。

「お嬢さんがお父上にすぐにも会いたいというお気持ち、わからなくもないんですが、吉原の昼遊びの刻限が七つまで、そこから花魁は一服したり、軽くなにか食べたり、文を書いたり縫物したりして過ごします。で、暮れ六つからいよいよ本番。お嬢さんがいっしょに入り口まで行っても、中には入れません。となると、外の茶屋で待つしかないが、土手の小屋掛けの茶店は暗くなると閉まります。五十間道の茶屋は、やっぱり女の人がひとりで過ごすには、なにかと剣呑《けんのん》だ」

感心する芳斎。

「いやあ、さすがに詳しいな、和太さん」

「それで、こうしたらどうでしょう。どれだけかかるかわかりませんが、ここで待っていてもらえませんか」

「え、こちらで」

「おふくろには話をしておきます。下の座敷で遠慮なく」

「はあ、でも」

芳斎もうなずく。

「お松さん、わたしもそれがいいと思う」

「わかりました。では、お言葉に甘えて、しばしご厄介になります。先生、和太さん、どうか父のこと、よろしくお頼み申します」

「あいや、わかった。お任せあれ。和太さん」

「先生」

ふたり、うなずき合う。

「いざ、吉原へ参ろうぞ」

第四章　龍鼻《りゅうび》の茶碗

一

「和太っ、おまえ、また吉原かい」

江戸に戻ってからまだ三日目、それが二日続いての吉原通いである。お寅が怒りたくなる気持ちもわからないではないが、別に遊びに行くわけではない。芳斎のとりなしでお寅もようやく納得する。

「今日は飲んでくるんじゃないよ」

「わかってるよ。ゆうべの酒がまだ残ってるんだから」

芳斎は今日は野暮《やぼ》な袴《はかま》も無骨な大刀もなしで、腰に脇差しのみ。黒い羽織が長身に似合う。案外女に持てるかもしれない。

「お父上がうまく見つかるといいのだが、まずはここでお待ちくだされ」

「はい、どうかよろしくお願い申し上げまする」

梅花堂の前で深々と頭を下げるお松に見送られて、和太郎と芳斎、昨日に引き続き今日も吉原へと向かう。

道順は浅草方面には行かず、下谷から竜泉寺町を通り、左右に広がる田畑の間を抜けて日本堤、衣紋坂まで来ると、土手には小屋掛けの茶店が並び、遊客の乗る辻駕籠《つじかご》が次々と行き来する。そろそろ夕暮れ、五十間道を通って大門口へと進む。

「和太さん、吉原はおまえさんの領分だ。よろしく案内を頼むよ」

領分とまで言われては、張り切るしかない。

「どーんとお任せくださいな」

さて、手順としては浪花屋に登楼し、菅井五郎右衛門が幽閉されているかどうかをまず確かめる。五郎右衛門が見つかれば、これを救い出す。

登楼するには金がかかる。遊ぶ遊ばないは別として、上がるだけでひとり一分、ふたりで二分は必要だ。芳斎にそっちは心配するなと言われて、和太郎は大船に乗った気で大喜び。目的は五郎右衛門救出だが、ついでに遊べれば万々歳と不埒《ふらち》な思惑が胸をよぎる。

仲之町に並ぶ引手茶屋を素通りして、江戸町、角町を通り過ぎて京町二丁目に至る。

「さ、先生、こっちです」

中店《なかみせ》の先に小店《こみせ》が何軒か続いており、冷やかしの客がぞろぞろと歩いている。

「へへ、にやけた連中が鼻の下伸ばして大勢ぞめいてやがる」

「なんだい、ぞめいてとは」

「張見世《はりみせ》を冷やかすことをぞめくっていうんです。ぞめくだけなら銭はいらないんで、閑な連中がけっこう来るんですよ」

「ほう、張見世とは」

吉原が初めての芳斎はなにも知らない。

「ほら、それぞれ店の格子の向こうに女が並んおりましょう」

「うむ」

「あれが張見世。で、気に入ったのがいれば、店の若い衆《し》に声をかけて上がるわけです。さ、そこが浪花屋。お嬢さんのお父上がいればいいんだが。先生、まず、女を見立ててください」

「見立てる」

「選ぶんですよ」

「すると、どうなる」

「その女が相方《あいかた》になるわけ」

「それで」

「女の座敷に案内されて。あ、先生、初会《しょかい》だから」

「初会」

「初めての客をそういうんです。で、あたしとあたしの相方といっしょに一献という段取りになります」

「うん、作法を知らんので、よろしく頼む」

「いっしょに酒を飲んだり、世間話などして、打ち解けるでしょ。で、そのあと、それぞれの部屋で床入りです」

「うん、床入りか」

「で、泊まってもいいんですけど」

「だめだよ。お松さんが待ってるんだから。おまえ、なに考えてるんだ。今日は遊びに来たわけじゃない」

「あ、そうだった。まあ、いつもなら床入りが済んで、朝になったら勘定を払って帰るんですがね」

「それじゃ、五郎右衛門殿を探せないじゃないか」

「うーん」

「なに唸《うな》ってるんだ」

「いえね、ここまで来たのはいいけど、どうやってお父上を探そうかと」

芳斎はうなずく。

「そうだな。この家は、おまえさんの馴染みの妓楼《ぎろう》なんだろ」

「はい」

「起請文をもらうほどだから、相当に通ったわけだ」

「へへへ、まあ。初めて来たのが十七の春でしたから、二年は通ったかなあ」

「なら家の中の様子、いろいろと詳しいんじゃないか」

「ああ、でも、ほとんど入り口から二階の女の部屋へ行って、また帰ってくるだけですからねえ」

「五郎右衛門殿が押し込められているような場所、心当たりはないか」

「さあ、どうですか。あ、そういえば、うん」

「あるのか」

「前に花魁《おいらん》から聞いた話ですけど、足抜けしようとした女が捕まって折檻《せっかん》されて、しばらく閉じ込められてたっていうような」

「そういう場所があるんだな」

「たぶん、折檻部屋はどの店にもあるんでしょうよ。表向きは華やかだけど、裏ではむごいこともあると聞きます」

「五郎右衛門殿が囚われているとすれば、おそらく折檻部屋だろうな。店の中のどのあたりかわかるか」

「そこまではわかりません」

「おまえが馴染みになった遊女、まだ勤めているか」

「さあ、どうでしょうねえ。年季が明けるか、身請《みう》けされるか、どっちかでないかぎり、いると思いますが」

「なら、その女をおまえ、相方に選ぶがいい」

「いればそうしますよ。この里では一度馴染みになったら、他の花魁には手が出せないきまりですから。白菊《しらぎく》がまだいればいいんだが」

「白菊というのか」

「本名はお菊《きく》ってんですが、小柄でちょいとぽっちゃりした色の白い。今、張見世には出てないが、若い衆に聞いてみます」

「よし、それでいこう」

「先生は」

「わたしも相方から探りを入れてみる」

「先生、どの子にします」

「だれでもいい」

芳斎はそっけない。

「ねえ、そんなこと言わずに、見立ててくださいよ」

「うーん、そうだなあ」

だれでもいいと言いながら、芳斎は張見世を案外じっくりと眺めて思案する。

「じゃ、前の列の右から二番目」

「ほう、なかなかの別嬪《べっぴん》。先生、隅《すみ》に置けないな」

「なにを言うか」

真顔で怒る芳斎。

「冗談ですってば」

「おお、これは、これは、若旦那。お久しゅうございますなあ」

帳場の番頭がびっくりしたように挨拶する。

「番頭さん、俺のこと憶えてたのかい」

「憶えるもなにも、忘れようがございませんよ、若旦那。起請まで取り交わした若旦那が何年もいらっしゃらないので、白菊花魁、痩せ細って、今にも死にそうでございましたよ」

廓の番頭だけあって如才がない。

「まだいるのかい、白菊は。てっきり、年季が明けてもうここにはいないのかと思ってたぜ」

「なにをおっしゃる。花魁は何年も何年も首を長くして若旦那を待ちわびておりますよ」

「まるで鶴だね」

「ご冗談を」

「じゃ、上がらせてもらうよ」

「どうぞ、どうぞ」

「で、こちら、俺が世話になってる先生だ。相方は前の右から二番目、いいかい」

番頭、額《ひたい》をぽんと叩く。

「ああ、申し訳ないです。たった今、別の方がお客に」

「なんだい、しょうがねえな。先生、どうします」

「どうでもいいよ」

「そう言わないで」

「じゃ、うーん」

　やはりじっくり選ぶ芳斎。

「左から三番目」

「いいかい、番頭さん。先生のお見立て、左から三番目」

「ほう、朝霧《あさぎり》花魁、お目が高い。よろしゅうございますとも」

　脇差しを帳場に預ける芳斎。

「おーい、五郎助《ごろすけ》」

「へーい」

「お客様を白菊花魁の座敷へご案内しなさい」

「へーい」

　若い衆に二階の座敷へ通されたふたり。

　酒と料理が運ばれ、白菊と朝霧がしずしずと入ってくる。

和太郎は息を呑む。おお、久しぶりに見る吉原の遊女。艶《あで》やか、艶やか。白菊は全然痩せてないや。

「あら、あら、あら、まあ、若旦那」

「おう、久しぶりだなあ、花魁」

「憎らしい。なにが久しぶりだなあですか。何年もお顔も見せず、どこで浮気してたんです」

「浮気なぞするもんか。おまえに袖にされたんで、ちょいと商いの修業に江戸を離れていたのさ。それで一昨日戻ってきて、さっそくおまえに会いたくなってな」

「うまいこと言って。あたしは袖になんぞしてませんよ。あのとき若旦那が親御さんに勘当されると困るから、意見したまで」

「そうだったかなあ」

「まあ、白菊さん、若旦那、おふたり仲のおよろしいこと」

「あ、花魁、こちらが俺が世話になっている絵師の芳斎先生だ。なにしろ諸国を回られて、この里は初めてというお方、よろしく頼むよ」

「はい、朝霧でございます。よろしゅうお願い申し上げます」

「朝霧か、よい名だ。こちらこそ」

四人で飲んで歓談し、心がほぐれたところで和太郎は芳斎とうなずきあう。

「では、先生、そろそろ」

「うむ」

「花魁、若い衆を呼んでおくれ。先生を部屋に」

「はい」

白菊は廊下に向かって声をかける。

「五郎助さん」

「へーい」

「こちらを部屋へご案内しておくれ」

「承知いたしました。旦那様、こちらでございます」

若い衆に朝霧の部屋に案内される芳斎。

「おお」

すでに床がのべてある。

「どうぞ、ごゆっくり」

若い衆と入れ替わりに朝霧が部屋に。畳に手をつく。

「先生、よろしくお願いいたします」

「花魁、変なことを聞くようだが」

「はい」

「今の若い衆、それほど若いとも思えないが、なぜ若い衆と」

「ああ、それはこの里の決まりごとでございまして、男の奉公人は歳をとっても若い衆でございます」

「なるほど」

「でも、ここだけの話、あの五郎助さんはほんとは若い衆じゃありません」

「ほう」

「あれで、居残りなんですよ」

「居残りとはなにかな」

「勘定が払えなくて、下働き」

「ほう、それが居残りか」

芳斎、考え込む。

「花魁、すまないが、ちょっと頼みがあるんだ」

「なんでございましょう」

「ひとつ趣向を思いついた。今の居残りの若い衆をここへ呼んでもらえないか」

「五郎助さんをですか」

「うん、煙草盆《たばこ》を持ってくるように言ってほしい」

「煙草盆を」

「それと、わたしの連れの若旦那もここへ来るよう伝えておくれ」

「はあ」

「それからね。おまえさんはしばらく外《はず》してもらいたいんだ」

芳斎、袂から一朱銀をつまみ出し朝霧に差し出す。

「まあ、こんなに」

「頼むよ、花魁」

「かしこまりました」

朝霧と入れ違いに五郎助が廊下から声をかける。

「旦那様、煙草盆をお持ちしました」

「うん、ちょっと、こっちへお入り」

煙草盆を持って入ってくる五郎助を見てうなずく芳斎。

「実は趣向があってね。忙しいところ悪いんだが、おまえさんに手伝ってもらおうと思って」

「はあ、わたくしで間に合うようでしたら」

「なあに、今、わたしの連れが来るから、びっくりさせたいのさ」

芳斎は煙草入れから煙管を出して、煙草を詰め、煙草盆の火をつける。

和太郎がつまらなそうに入ってくる。これから白菊と旧交を温めようとしていた矢先に呼ばれて、少々不満気味なのだ。

「なんです、先生」

「実はな、和太さん。さっき話した折檻部屋のことだが」

「え」

「あれはもう、探さなくていいよ。探し物は見つかったから」

「どういうことです」

首を傾げる和太郎。

芳斎はにやり。

「こちらにおられるのが駿河安部藩松平家、もと物頭の菅井五郎右衛門殿だ」

二

若い衆はしばし拳を握りしめ、肩をふるわせていたが、すっと背筋を伸ばすや、芳斎を見つめる。

「いかにも、それがし菅井五郎右衛門でござる。御貴殿は」

「わたしは鷺沼芳斎と申します。そこにいるのが湯島天神脇の梅花堂主人、和太郎さんです」

「なに、梅花堂。では」

「あなたの娘御、お松さんに頼まれて、あなたを探しに来たのですよ」

芳斎は懐《ふところ》から歌のかかれた二通の文を取り出し、五郎右衛門に見せる。

「たしかにそれがしが娘に送ったもの。して、それがしの素性、いかにして見破られたか」

「七月初旬より行方の知れぬ菅井殿。まず、その文から吉原の浪花屋におられるとあたりをつけ、あがったところ、案内の若い衆の身のこなし、広い肩幅、厚い胸板、これは若い頃から相当に鍛えたもの。そのいかつく武張った面構えも、妓楼の奉公人には珍しい」

　むっと顔をしかめる五郎右衛門。

「膳を上げ下げする手つきに武術の心得が感じられる。先ほどわたしの相方に聞けば、勘定が払えずに居残りをしているとのこと。その名も五郎助、ゆえに菅井五郎右衛門殿に違いないと」

「ええっ、居残りですって」

　驚く和太郎。行方知れずのお父上が廓《くるわ》で居残りとはいかに。

「面目次第もござらぬ。で、娘はいずこに」

「湯島の梅花堂で、あなたの帰りを待っておられます」

「さようか」

「お大名に仕え、物頭まで勤められたあなたが、浪人とはいえ、なにゆえここで居残りとなられ、若い衆をしておられるのか。また、最初の三首、そしてあとの一首、その仔細をお聞かせ願いたい」

「なにからお話しするべきか。恥ずかしながら、今は妓楼の行燈《あんどん》部屋で籠《かご》の鳥、下働きをしております。娘からそれがしが浪人となったいきさつは聞いておられましょう。

二年前、せがれが宿直《とのい》の折りにお家代々の名器、龍鼻の茶碗を賊に奪われ、命を失いました。それを探し求めるためにそれがし、妻と娘とともに屋敷を離れ浪々の身となりました」

「その茶碗なら、今、梅花堂にあります。お松さんといっしょに」

五郎右衛門は大きくうなずく。

「やはり、湯島天神の梅花堂にあったのじゃな」

「はい、菅井殿が歌に示された通り」

「さようか。もう少し早く判明しておれば、妻も死なずにすんだものを。が、嘆いたところでしかたのないこと。最初のうちはあっちの質屋、こっちの道具屋と、江戸市中を隈《くま》なく歩き続けたが、容易には見つからず、気の遠くなるような話。好事家《こうずか》の手に渡って秘蔵されておれば、もはや見つけること叶わず。いつしか探索もおざなりとなり、近隣の子らを集めて読み書きを教え、茶碗一個のために苦しむよりは、ままよ、市井《しせい》に埋もれて細々と暮らすのも悪くないかと思っておりました」

五郎右衛門は軽く溜息をつく。

「半年前、妻が患《わずら》い、医者の手当ての甲斐もなく身罷《みまか》りました。せがれを亡くし、妻に先立たれ、娘とふたり、侘しい長屋暮らし。つい飲み慣れぬ酒に手を出して、娘に隠れて夜な夜な嗜《たしな》むようになりました。飲めば飲むほど胸が詰まり、気が重くなる。先月の上旬、つい魔がさしたのか、もう生きていても仕方がない、五十路を過ぎて、先も見えず、いっそ両国橋から身を投げようかと思いました。娘は御承知の通り、あの器量、あの気立て、二年前までの屋敷暮らしで行儀作法から家事など万端躾《しつ》けてあり、どこに嫁に出しても恥ずかしくはありませんが」

和太郎はここぞとばかり、大きく首を縦に振る。

「こんなだらしない父がいては、嫁にも行けぬ。娘の重荷、足枷《あしかせ》になるよりは、死んだほうが気が楽と思いましてな。が、ふと、大川の流れを眺めるうち、酒の勢いもあり、どうせなら死ぬ前に一度だけ、吉原という遊里へ行ってみようかと」

「それで吉原へ参られたか」

「さよう、初めてながら、いつしか大門をくぐっておりました。ここは夜でも賑やかですな。酔った勢いでぶらぶらと冷やかし歩いていると、格子の向こうの遊女と目が合い、ああ、いい女だわい。どうせ死を覚悟した身、死ぬまでに一度、あんな女と一晩過ごせればどんなによいであろうか。苦労の果てに先立った妻には申し訳ないと思いつつ、ふふ、いい歳をしてとお笑いでしょうが」

苦笑する和太郎。

「すると、店の若い衆が、旦那どうですと声をかけてくる。ふらふらっと店に入って、さっき目が合った女を指さしましたら、どうぞ、どうぞと呼び込まれ、刀を預けて、こういうところの作法は知らぬと申すと、二階の女のところへ通されて、酒や肴《さかな》もいろいろ並び、女と差し向かい、妻は酒を飲まぬ女であったので、こんな風に飲みながら語り合うのが楽しくてな。女の名は滝山《たきやま》と申して、なかなかの美形。いろいろ話すうちに意気に感ずというか、心が通い合うようで、滝山の身の上話まで聞かされた。浪人の娘で父親が患ったときの薬料のために苦界《くがい》に身を沈めたとやら。まるでそれがしと同じような境遇」

ふふんと鼻で笑う和太郎。そんなのは遊女の手管《てくだ》に決まっている。

「とうとう懇《ねんご》ろになり、翌朝、別れが惜しくなって、滝山ともう一夜。翌日も居続け、また居続けと、滝山を独り占め。ふっふっふ」

相好《そうごう》を崩す五郎右衛門。

「遊女は手練手管で男をたぶらかすものと聞いてはいたが、滝山だけは別。やがて勘定となる。なんと数日で四両二分一朱。が、死を覚悟して家を出た身、あいにく手元不如意である。ではお腰のものをと言われた。真剣ならば一振り十両はしようが、妻が病の折に薬料のため金に換えて今は竹光。お宅まで取りにと言われても、恥ずかしながら家にもそんなに蓄えはない。面目なくて娘に言えぬ。娘はあの気性であの器量。もしも父が吉原で遊んで代金が払えぬとなったら、自分の身を売ってでもと思うであろう。それだけは決してならぬ」

「そりゃそうですよ」

思わず口をはさむ和太郎。

「滝山は遊女ながら、よくできた女子で、引き止めたのは自分だから、立て替えようと申し出てくれた。が、遊女の身の上を知るにつけ、これ以上の借金を増やすは気の毒じゃ。そこで、この身が下働きで返済いたそうと、五十路《いそじ》を過ぎながら若い衆となり、膳の上げ下げ、洗い物、薪割《まきわ》り、多少字が書けるので起請文の代筆などあれこれいたすが、四両二分一朱稼ぐにはなかなか追い付かず。せめてもの慰めは、馴染みになった滝山がときどき行燈部屋へ訪ねてきての四方山話《よもやまばなし》。いや、廓では奉公人が遊女と深い仲となるのは御法度《ごはっと》ゆえ、話をするだけでござる。滝山も浪人の娘ゆえ、死んだ父親を思い出すのであろうか。わが娘松には申し訳ないが、いっそこのまま廓の内に朽ち果てるのも一興かと」

「それで廓の居残りを続けておられたと」

「さようでござる。若い衆の仕事もだんだん慣れた半月ほど前のこと。滝山の馴染みという町人が店に現れましてな。膳を運ぶとき、その顔をちらっと見て、それがし、はっといたした。二年前、せがれとともに宿直し、賊に深手を負わされて翌日に死んだはずの亀村左近に生き写しなのじゃ」

「おお、それは」

「が、他人の空似《そらに》ということもある。翌日、滝山に聞いてみると、客は鶴屋宇兵衛《つるやうへえ》という小間物屋で、一年ほど前から滝山のもとに通い馴染みになったそうじゃ。こういう商売なので愛想よく相手をしてはいるが、あまりいい客ではないという。そこで、それがし、二年前のいきさつを打ち明けると、滝山は鶴屋宇兵衛が以前は武士であったと自慢していたとか。月に一度か二度、通ってくるので、次に来たときに確かめられるよう手はずすると言ってくれました」

「それが」

「五日前、またもや鶴屋が店に来たので、滝山と示し合わせて、布団の中で横になってうとうとしながら滝山を待っている鶴屋宇兵衛のもとに忍び込み、亀村殿と呼びかけると、寝ぼけ眼でなんじゃと返事をする。やはり亀村であったか。それがし、その首根っこを押さえ、大声を出すと命はないぞ。貴様は二年前に死んでいるのだ。その貴様を今殺しても咎めは受けぬ。やつは初めてそれがしに気づいた様子。おお、菅井殿ではござらぬか。その手をお放しくだされ。放してなるものか。貴様がなにゆえ生きているのか。その町人姿はいかなるわけか。あの夜、なにがあったか申せ。正直に言わぬなら、命はないぞ」

「その鶴屋宇兵衛なるものが亀村左近であったのですね」

「さよう。亀村めは苦しい息で、ご子息新吾殿はまことにお気の毒でござった。その手をお放しくだされ。こう苦しくてはなにも申せませぬ。なにもかも洗いざらい申しますので、どうぞお手を。武士に二言《にごん》はござらぬ。そう言うので、そのなりで今さら武士とは笑止《しょうし》と言ってやりました。すると、菅井殿のその風体も武士とは見受けられず、と申すので、なるほどこの身は廓の若い衆、それも一理ある。手を放してやりますと、亀村左近は座り直して、当夜のことを語りましたのじゃ」

このような場所で菅井殿にお目にかかるとは、天網恢恢《てんもうかいかい》。逃げも隠れもいたしませぬ。わたくしの知ること、すべてお話しいたしましょう。

あの夜の惨事、思い出しても身の縮む思いでございますが、もともとは茶碗のせいなのでございます。

三日後に茶会の開かれるというあの当夜、わたくしは新吾殿ともども宿直を仰せつかりましたが、実はその前日、ご家老の浜田将監《はまだしょうげん》様より密かに呼び出されまして、なにごとかと思えば、驚くなかれ、お家代々の家宝、龍鼻の茶碗を盗み出すよう命じられたのでございます。ほかでもない、すべてお家のためにと。

殿が茶会にお招きした方の中にご大老を辞されたばかりの井伊掃部頭様がおられました。掃部頭様は名高き茶人、当家に伝わる龍鼻の茶碗に興味津々であられるとのこと、殿も誇らしく思い、茶会を楽しみにしておられました。ご家老の話では、龍鼻の茶碗は古田織部《ふるたおりべ》の幻の作と伝えられ、一見ただの茶碗ながら、それで茶を喫するに、あたかも龍の鼻より流れ出る甘露を飲むごとし。真作ならば値《あたい》つけがたし。が、今、当家にある龍鼻の茶碗、実は贋作《がんさく》であると。まこと、驚き入った次第でございます。

数年前、先代幸徳院《こうとくいん》様がご存命のおり、打ち続く飢饉《ききん》、年貢《ねんぐ》が途絶えて藩の財政逼迫いたし、両替商の淡路屋《あわじや》への借財はすでに何万両か。このままでは利息さえ払えず、年々膨れ上がるばかり。そこで江戸家老の浜田将監様が幸徳院様とご相談の上、内々に淡路屋に談判なされたよし。古田織部の幻の茶器、万両の値打ちあり。数寄者の淡路屋は喜んで龍鼻の茶碗と引き換えにこれまでの借財帳消しを承諾したとのことでございます。茶碗ひとつで藩の財政が立ちゆき、国元の領民が救われるなら、代々の家宝とて惜しくはないと幸徳院様も仰せになり、龍鼻の茶碗は淡路屋の手に渡りました。

先代亡きあと、このことを知るのはご家老おひとりのみ、今の殿さえご存じありませぬ。

淡路屋に手渡す前に、腕の優れた陶工を屋敷に招いて、見た目は本物と違わぬ贋作を作らせ、それが家宝龍鼻の茶碗として、屋敷にあったのでございます。

二年前の茶会でそれを披露いたさば、名高い目利きの掃部頭様、贋作と見破られるは必定《ひつじょう》。掃部頭様は優れた文人であるとともに極めて毒気のあるお方。当日の客人の面前で殿がいかほどの恥辱を受け、面目を失うことか。これはまさにお家の一大事、由々しきことにございます。

そこでわたくしがご家老に呼ばれ、贋作の龍鼻の茶碗を盗み出すよう命《めい》を受けました。茶碗だけでは疑念が生じるので、手文庫より金子《きんす》百両を盗み出し、そのまま逐電《ちくでん》せよ。当時世間を騒がせておりました盗賊またたび小僧という者、これの仕業《しわざ》にすれば、茶会で殿が恥をかくこともない。大名屋敷が盗賊に荒らされるのも外聞は悪いが、家宝の名器が贋作と見破られるよりはまだよいではないか。わたくしに白羽の矢が立ちましたのは、いまだ独《ひと》り身、国元にも江戸にも係累がなく、あと腐れがないとのご家老の判断でございましょう。

しかし、同役の新吾殿にはどう伝えるか。その点ならば、ご家老のほうでよきに計らうとのことでありました。

当夜、新吾殿は初めての宿直で気が張っておられるのか、居眠りなどなさらず、わたくしもただ無言で殿の寝所に詰めておりました。

丑《うし》の刻が過ぎ、寅《とら》の刻限になります頃、すうっと扉が開き、殿の寝所に現れたのは、盗賊またたび小僧にあらず。黒岩半兵衛《くろいわはんべえ》、中川多十郎《なかがわたじゅうろう》の二名。ともにご家老の腹心であり、剣の使い手でございます。

「なにごとでございますか」

驚いた新吾殿が問い詰めました。

「よいのだ、よいのだ」

黒岩がそう言って、わたくしに合図いたします。

「亀村、茶碗の場所はわかっておろうな」

前もってたしかめておきました場所から茶碗、これは箱書きもございませんで、ただ布でくるんで、手文庫の百両とともに手にいたしました。

「亀村殿、なにをなされるのです」

「悪いが、新吾殿、お家のためだ。お先に失礼する」

あとは黒岩、中川の二名に任せ、わたくしは手はず通り、裏門から逐電いたしました。

その後は武士を捨て、百両の元手で商いを始めまして、今はこうして暮らしております。

茶碗でございますか。贋作とはいえ龍鼻の茶碗、湯島天神脇の道具屋、梅花堂にて三両に売れました。本物ならば何万両、それがわずか三両とは。が、三両あれば、この里では、けっこう楽しく遊べます。

これがわたくしの知るすべてでございます。

新吾殿のことは、まことにお気の毒に存じますが、それもこれもお家のため。

わたくし、この二年の間、腹にたまっていたこと、洗いざらい吐き出すことができまして、胸のつかえがおりました。今宵はもう、遊ぶ気になれませぬ。これにて失礼いたします。菅井殿、どうぞ、お達者で。

「あまりのことに、それがし、言葉もなかった。盗まれたのは偽の茶碗。そのためにせがれは命を落とし、それがしは浪々の身となって、その贋作を探し求めて江戸市中をさまよい、妻は苦労の果てに患って死に、それがしは吉原の下働き。それもこれも、みなお家のため」

肩を落とす五郎右衛門。

「が、娘にはそれがしの安否、茶碗の行方を知らさねばならぬ。ただ、それがしが遊里の若い衆をしているとは、とてものことに伝えられず。そう思い、行燈部屋で遊女の起請文を代筆する際の誓紙に歌を三首したため、滝山の知り人に頼んで娘のところへ届けてもらいました」

「さようでございましたか。たしかに二年前、龍鼻の茶碗は梅花堂に三両で売却されておりました。ということは、その亀村という男、出まかせに嘘をついているとも思えませんな」

「さよう、ずるく立ち回っておろうが、武士に二言はないと申したからのう」

「古田織部に幻の茶器があるという謂《いわ》れ、わたしも耳にしたことがございます」

「おお、が、贋作ではいたしかたない」

「五郎右衛門殿、では、なにゆえに娘御への文、歌になされたのか」

「ひとつは亀村左近、あの者はこの妓楼の馴染み客、店から出られぬそれがし、詳しくいきさつを文に記せば、どこでだれの目に触れるやもしれず。そこで娘にだけわかるように歌にいたした」

「が、娘御にも判じられず、梅花堂に龍鼻の茶碗があることも知らず、わたしが失せもの尋ね人の謎解きをしておりますのを頼って訪ねてまいられたのです」

「まさに奇遇でござった」

「二通目の歌は」

「考えてみれば、今後のこと、たとえ贋作であっても殿はご存じない。とすれば、その茶碗を持って帰参できるのではないか。そう思い直し、それがしが吉原の浪花屋にいると伝えたのでござる」

「それもまた、お松さんにはわからず、わたしのところへ来られ、そしてわたしとこの梅花堂主人がここへ参ったという次第です」

「うーん、娘に歌の真意が伝わらぬとはのう」

和太郎は呆れる。伝わるわけないよ。そんなまどろっこしい歌じゃ。

「菅井殿、ともかくここを出ましょう。梅花堂でお松さんが待っておられる」

「いや、しかし、参ったな。出たくとも恥ずかしながら、まだ借金が残っており申す。四両二分一朱のうち、ひと月ほど若い衆として働きましたが、さほどの返済にはならず」

「ご心配なく、わたしが立て替えておきます」

「いや、そこまで甘えるわけには」

「なあに、贋作とはいえ茶碗が見つかったのです。あなたは二年前にご子息を失い、また浪人中にご妻女を失い、辛酸をなめられた。が、それもようやく報われます。帰参が叶えば、もとの藩士。そのときに、今回の遊里の揚げ代、茶碗の代金、そしてわたしの失せもの尋ね人の礼金なども合わせていただきましょう」

「そうおっしゃっていただければ、ありがたい。お言葉に甘えることにいたそう」

ご内証《ないしょう》で芳斎が番頭に話をつけ、今夜の勘定と五郎右衛門の借財を支払う。

五郎右衛門は元の浪人姿となり、腰に竹光。

二階からひとりの花魁がしずしずと下りてくる。廓勤めにしては少々地味だが、落ち着きのあるやさしそうな顔立ちの女である。

「五郎助さん、いや、菅井五郎右衛門様」

「おお」

五郎右衛門は女の前に進み出る。

「滝山、世話になった」

手を取り合い、じっと見つめ合うふたり。

「お名残り惜しゅうございます」

「それがしも。そなたの恩義、決して忘れはせぬぞ」

和太郎は顔をしかめる。わあ、見ちゃいられねえ。結局、吉原まで来て、女の部屋まで行ったのに、なにもしないまま帰るんだからなあ。白菊、見送りにも来ねえや。

三

浪花屋で提灯を借り受け、三人は大門を出て夜道を急ぐ。両側に広がる田畑。この刻限、これから廓へ行く者もなく、帰る者とてなく、人通りはほとんどない。夜空には下弦の半月。

「芳斎殿」

五郎右衛門が小声で話しかける。

「なにか」

「御貴殿、武芸の心得はおありか」

「国元の道場で少々」

「日本堤よりつけておるようじゃ。三人」

「わかりました。和太さん、危ないから振り返るなよ」

和太郎はなんのことかわからない。

いきなり背後から駆け寄る足音。

「きええい」

何者かが掛け声とともに殺気立って刀を振り下ろす。

ひらりとかわした五郎右衛門、すばやく抜いた竹光の先端を相手の顔面に突き立てた。

「ぐわっ」

うめいて顔を押さえ、よろめく男。

間髪容《かんはつい》れず、もうひとりの男が五郎右衛門の隙を狙い、さっと斬りかかる。とっさに芳斎、横からそれを脇差しではねのけ、ひるむ相手の二の腕を切り裂く。

「うっ」

腕を押さえてうめく男。

呆然と突っ立つ三人目の男に五郎右衛門が当て身を食わせる。

「げっ」

ひとりは顔面を竹光で突かれ、ひとりは二の腕を斬られ、ひとりは当て身でその場に倒れている。

「ひけっ」

不利と思ったか、ふたりの曲者《くせもの》は逃げ去った。

あっという間の出来事である。

「芳斎殿、かたじけない。助かった」

「いえいえ、しかし、ただの辻斬りや追剝《おいはぎ》とは思えませんな」

「あの者ども、ふたりして、それがしを狙いおった。廓から出るのを見張っていたのであろう」

「あなたが廓にいるのを知っているのは」

「この男だけだ。二年前に屋敷から龍鼻の茶碗と金子百両を盗んだ悪党」

気を失って倒れている男を和太郎が提灯で照らす。町人姿の亀村左近であった。

「へえ、驚いたなあ。菅井様、こいつが盗賊またたび小僧ですかい」

「ふんっ、茶碗が贋作なら、またたびの名を騙るこやつも所詮、偽物だがな」

「親分、夜遅くに申し訳ない」

芳斎をはじめ、和太郎、菅井五郎右衛門、そして後ろ手に縛られ猿轡《さるぐつわ》の亀村左近が戸口に並んでいるのを見て、天神下の義平は怪訝な様子。

「先生、昨日はごちそうになっちまって。今日は大勢さんで、なんです」

「親分にちょいとした土産《みやげ》です」

「土産」

「昨日は茶碗を取り戻すのに世話になりました。その礼と言ってはなんですが、これを」

　縛られた亀村左近を土間に突き倒す。

「わっ、これは」

「今世間を騒がせているまたたび小僧、どうぞ、受け取ってください」

「へえ」

　転がり、もがく左近。

「そして、こちらにおられるのが、駿河安部藩松平但馬守様のもとご家来、菅井五郎右衛門殿です」

　五郎右衛門は軽く頭を下げる。

「二年前に小石川の屋敷に忍び込んだまたたび小僧が菅井殿のご子息を殺害し、家宝の茶碗と金子百両を盗んで逃走したので、菅井殿が浪人となられ、探索しておられたのです」

「ほう、さようで」

「菅井殿のお嬢さんの頼みで、わたしもお手伝いし、またたび小僧が吉原にいるのを突き止めましてね」

「なあるほど。それで昨日も吉原へいらしてたんですね」

「そういうことです。昨夜は茶碗を見つけ出し、今夜はまたたび小僧を取り押さえました」

義平はうなずき、感心する。

「先生、いつもながらすごいねえ。さすがに千里眼だ」

「いや、こちらの菅井殿、武芸にすぐれ、滅法お強い。あっという間にまたたび小僧を当て身で打ち倒された。手傷を負わせた仲間ふたりは残念ながら取り逃がしましたが」

「こいつが鼠小僧の上をいくまたたび小僧ですかい。見れば、堅気の商人のように見えますな。が、なるほど人相はよくないや。盗賊またたび小僧、いままで一度も尻尾《しっぽ》を出さなかったんですが、〝またたび捕縛〟となれば、大評判になりますよ」

「調べたところ、日本橋の小間物屋鶴屋宇兵衛と名乗っております。この男が茶碗と百両を盗んだは明白。なにしろ、梅花堂に茶碗を売りにきたのがこいつですから」

「それが昨日のあの茶碗」

「さよう。菅井殿にとっては、ご子息を殺した憎い敵《かたき》。八つ裂きにしてもしたりないところ、ここは町方の手に渡し、お白洲でお裁きをということです」

「よろしゅうござんす。へへ、先生のおかげでまた手柄が立てられますよ。鼠小僧のときは市中引き回しの上、獄門首でしたからね。その上をいくまたたび小僧、さぞかし厳しいお仕置きになりましょうな。さしずめ逆さ磔《はりつけ》か」

亀村左近はじたばたもがく。

「お、この野郎、なにか言いたそうですな」

「和太さん」

「はい」

「猿轡を取ってやりなさい」

「合点《がってん》承知」

和太郎に猿轡を外された左近は土間に転がったまま哀願する。

「拙者、またたび小僧などではござらぬ。もと松平家の近習、亀村左近と申す。ゆえあって、武士を捨て、今は堅気の小間物屋を営んでおる」

「もとお侍の小間物屋がまたたび小僧だったのかい」

「違う、拙者、亀村左近」

「先生、こいつ、こんなことを言ってますけど」

「その点についても調べてあります。亀村左近というご家来は、菅井殿のご子息とともにまたたび小僧に立ち向かい、深手を負って翌日には亡くなっていますよ。そうでしょう、菅井殿」

「さよう、間違いござらぬ」

「いや、拙者が亀村左近でござる」

「寝ぼけたこと言いやがって。わかりました。しらばっくれるようなら大番屋に連れて行って、石を抱かせましょう」

「いや、待ってくれ。茶碗の盗難はまたたび小僧の仕業ではない。菅井殿、先日も申した通り、そこもとのご子息、新吾殿を殺害したはご家老の腹心、黒岩半兵衛、中川多十郎の二名。黒岩が新吾殿の口を押さえて羽交《はが》い絞めにし、中川がその胸を一刺しに。むごいことでござる。拙者、それを見届けてから、逐電いたした」

「おのれ、貴様もいっしょになってせがれを殺したのだな」

「いや、拙者は決して手は出しておらぬ。それに、先ほどおふたりに手傷を負わされ卑怯にも拙者を見捨てて逃走したのが黒岩、中川。あの二名を問いただせば、当夜のことはわかるはずだ」

「先生、こんなこと言ってますぜ」

「悪あがきだな。大名家の騒動には町方が手を出せないと踏んで、いい加減な御託を並べているのだろう」

「違う。拙者、ご家老の命《めい》によって、お家のため茶碗を盗んだだけでござる。すべてはお家のため。菅井殿、先日申したこと、一言一句、嘘偽りはござらぬ。天地神明に、天地神明に誓って」

「どうします」

「安っぽい天地神明だ。うるさいから、もう一度猿轡を。和太さん」

「はい」

「やめろっ。ううっ、ううっ」

猿轡をかまされる亀村。

「けっ、往生際《おうじょうぎわ》の悪い野郎だな。観念しやがれ」

亀村を足蹴にする義平。

「親分、あとは頼んだよ」

「一晩土間に転がしといて、朝になったら子分の留《とめ》が来ますんで、いっしょに大番屋まで引っ立てて、あとは町方の旦那に引き渡しますよ」

「厄介かけるね」

「なあに、先生。こいつが本物のまたたび小僧ならまたまた大手柄。たとえまたたび
でなくても、金子百両盗んでいれば、立派な獄門首ですぜ」

梅花堂で久々の親子の対面である。

「父上、ご無事でしたか」

袂で目を押さえるお松。

「心配かけてすまぬ」

横で芳斎は満足そうにうなずく。

「お松さん、お父上はまたたび小僧の動きを探るため、吉原の廓に潜伏しておられたのです。敵に知られぬよう、茶碗のありかを歌で記され、またご自分が吉原にいることも歌で知らされたのです」

「そうだったのですね」

「そして、今宵、とうとうまたたび小僧を捕らえることができました」

驚くお松。

「それは、まことでございますか」

「う、うん、そういうことだ」

五郎右衛門はうなずく。

「父上、これで、新吾も母上も浮かばれますする」

「そうだな」

「捕らえたまたたび小僧は、先ほど、御用聞きのところへ預けてきましたので、明日にでも町方の手に引き渡されるでしょう」

「先生、なにからなにまで、ありがとう存じます」

「なあに、今回は吉原に詳しい和太さんの働きも大きかった」

お松は和太郎を見つめ、頭を下げる。

「和太さん、お礼を申します」

「いやあ、あたしなんぞ、ちょいと先生をご案内しただけで、はは、たいしたことなんてなにも、ははは」

お松に礼を言われて、有頂天《うちょうてん》の和太郎である。

「みなさん、お疲れでございましょう。今、夜食を用意いたしますので、どうぞ、こちらへ」

お寅に言われて、座敷へあがる一同。

「おっかさん、珍しく気が利くじゃないか」

「なに言ってんだよ」

「おや、卯吉は」

「何刻だと思ってるんだ。とっくに寝てるよ」

甲斐甲斐しく膳の用意を手伝うお松をぽかんと口を開けて見る和太郎。こういう人が嫁に来てくれれば、俺はもう、一生吉原へなんか行かなくてすむんだがなあ。

「和太、なにぼおっとしてんだい」

「いや、別に」

「でも、おまえもよくやったじゃないか。吉原へ行ったのは、そういうわけだったんだねえ」

「いやだな」

和太郎は胸をそらす。

「最初っから言ってるだろ。遊びに行くわけないや」

軽く酒など飲みながら、和《なご》やかな歓談ののち、お寅が言う。

「菅井様、お嬢様、今宵はもう遅うございます。おかまいもできませんが、どうぞ、うちへお泊まりくださいまし」

「かたじけない。では、お言葉に甘えましょう」

四

翌朝、梅花堂の二階で芳斎は煙管をくわえながら窓の外を眺めている。今日も秋晴れのいい天気である。

ゆっくりと階段を上がってくる和太郎。

「先生、おはようございます」

「ああ、おはよう、和太さん」

「菅井様とお嬢さんが」

和太郎に続く五郎右衛門とお松、恭しく畳に手をつく。

「芳斎殿、昨日はなにからなにまで世話になり申した。娘ともどもお礼を申し上げます」

「芳斎先生、ありがとう存じます」

「どうぞ、おふたりともお手をお上げください。こちらこそ、面白うございました」

それを聞いて五郎右衛門は怪訝な顔をする。

「なにかおかしなことでもござったかな」

「いや、お気に触ったら、申し訳ない。もつれた糸を解きほぐすように謎が解けていくのが、わたしはなにより好きでしてね。頭の中で辻褄がぴたりと合うと、それだけでうれしくなるのですよ」

「ほう」

お松が父にそっと言う。

「父上、わたくしはこれにて」

「うむ」

「芳斎先生、では、のちほど」

一礼ののち、お松は階段を下りていく。

和太郎はうれしそうにお松を見送る。

「いやあ、これから朝餉の支度をお手伝いくださるってんで、おふくろも大喜び。あんながさつなおふくろと仲良くしてくださって、なんておやさしいお嬢さんだろう」

浮き浮きとする和太郎を見て、芳斎も微笑む。

「して、菅井殿。この後はいかがなされるおつもりですかな」

「まず、茶碗を持参し、屋敷に戻る所存でござる」

芳斎は煙管を吸い、ふうっと煙を吐く。

「なるほど。が、それは得策とは思えませんね」

「なんですと」

芳斎は文机の上の茶碗を示す。

「そこにあるのが盗まれた龍鼻の茶碗です」

「おお、これが」

「ご覧になるのは初めてですか」

「うむ。お家代々の家宝など、それがしごときが見ることはかないませぬでな」

「どうぞ、お手に取ってゆるりとご覧ください。なんなら、そこに天眼鏡もありますので」

茶碗を両手で持ち上げる五郎右衛門。

「これが盗まれた茶碗か。なるほど、たいした茶碗ではない」

さらに天眼鏡で仔細に眺める。

「三両での値踏みが買いかぶりとさえ思われまするる」

「たしかに見た目はまったくぱっとしない。それを贋作とお思いですか」

「無論のこと。亀村めが申した通り、まさしく贋作ですな。こんなものでせがれが命を失ったとは、忌々《いまいま》しい茶碗でござる」

「真贋の見分け、ただ見ただけではなかなかわかりづらい。わたしが思うに」

芳斎、煙管を煙草盆の灰落としにぽんと打ちつける。

「それは本物の龍鼻の茶碗です」

「ええっ」

「まさか」

和太郎も五郎右衛門も同時に驚きの声をあげる。

「先生、大丈夫ですか。そんなの、偽物に決まってるじゃないですか」

「そう思うかい」

「ええ、あたしはまだ目利きはほとんどできませんけど、お大名の家宝にしては、なんか安っぽいなと昨日から思ってました。それが贋作だとわかって、合点《がてん》がいきましたよ」

「うん、そうなんだがね。昨日、うかがった話によると、龍鼻の茶碗とは古田織部の幻の作、一見ただの茶碗ながら、それで茶を喫するに、あたかも龍の鼻より流れ出る甘露を飲むごととしとか」

「それがしが亀村から聞いた話ではそのとおりだが」

「二年前にその茶碗が梅花堂に三両で売られ、役者くずれの小悪党が五両で買い、わたしが十両で買い戻しました」

「十両とな。またまた散財をおかけした。吉原での借銭、そして今回の謝礼、帰参が叶いましたら必ず」

「それはいつでもけっこうですが、実はわたし、どうもすっきりしなくてね。もつれた糸が少しだけ引っかかっている。役者くずれが一年もの間、なにゆえこの茶碗を手放さなかったのだろうか。今は立ち直り、この茶碗で毎晩安酒を飲みながら、悪事を戒《いまし》める拠り所にしていると。そして、これで飲むと安酒でもたいそううまく感じると、そんなことを申しておりました」

「それが」

「多少汚れていたので、わたしが昨日の朝に水で洗い、試しに汲んだ水をこれで飲みますと、なにやら味わいが違うのです。で、同じ水を別の茶碗で飲むと、ただの水。これで飲むと、いや、得も言われぬような味わい」

「なんと申される」

「昨日、龍鼻の茶碗の謂れをうかがいました。天下一の茶人といわれた古田織部、まさに他にありえないものを作るに長《た》けていたとか。見かけのつまらぬ茶碗が不思議な味わいを醸し出す。これぞ、織部の真作に間違いないと思われます」

「これが古田織部の真作とな」

五郎右衛門は再度、天眼鏡で隅から隅まで調べる。

「うーん、そういわれれば、そんな気もするが」

「先生、ほんとですか。本物ならば何万両の茶碗ですよ。それをたった三両で値踏みするとは、死んだ親父、とんでもないや」

「そこが目利きの面白いところでね。その茶碗、八文の安茶碗にも見えるが、万両の名器と言われれば、そんな気にもなるだろう」

和太郎は首を傾げる。

「さあ、やっぱり安茶碗にしか見えないな」

「おまえさんも、この商売を続けていけば、おいおい、わかってくると思うよ」

「そんなもんですかねえ」

「しかし、芳斎殿。家宝の龍鼻の茶碗は借財と引き換えに両替商淡路屋の手に渡っているはずだが」

「もと近習の亀村左近がそう言ったのですよね」

「いかにも」

芳斎は煙管に煙草を詰めて火をつける。

「わたしが思うに、亀村左近という男、小ずるい小心者だが、もっともらしい嘘を作るような知恵はないと見た」

「武士に二言はないとやら、天地神明に誓うとやら、軽々しく口にする輩《やから》ではあるが」

芳斎は大きく煙を吐く。

「わたしは浪人の身ゆえ、お大名家のご家老にお目通りすることなどありません。浜田将監という江戸家老、どのようなお方ですかな」

聞かれて、五郎右衛門は首をひねる。

「さて、どのようなお方といわれても、どうであろう。それがし昵懇《じっこん》というわけではござらぬが、物頭を務めておりましたので、役目上ご家老と会って話すことはたびたびござった。見た目はそれがしとは違い、武張ったところはなく、声音も優しく、お人柄としては、温厚で物柔らかな御仁ござる。親切なところもあり、それがしの隠居を待たず、せがれ新吾が元服の折、近習に推挙してくだされた。そうそう、江戸家老ではあるが、国元の民百姓にも心を配られ、七、八年前、飢饉が続いた際にはお救い米を先代の殿に進言なされたこともある」

「お救い米を。なるほど、見た目は穏やかで、悪い噂などなく、民百姓のことも気にかけておられる」

「さよう。淡路屋への茶碗下げ渡しの一件も逼迫《ひっぱく》した藩の財政を憂いてのことと思われる。それが後に仇《あだ》となり、殿を茶会の恥辱から守るため、せがれ新吾が命を落としたのは無念ながら、お家のためとあらば、いたしかたござらぬ。が、そうなると、これにある茶碗が本物とは解せませぬ。いかなることであろうか」

「両替商が家宝の茶碗と引き換えに借財を棒引きしたとの話、そのような噂、お耳にされたことは」

「いや、たとえそのようなこと、あったとしても決して表には出ないであろう」

「両替商に借財ありとは」

「それがし、勘定方ではないが、財政が苦しいのは家中一同みな知っている。出入りの商人には多かれ少なかれ借りはござる。三年前の御改革の折り、殿が藩内の倹約を奨励なされ、なんとか持ち直しつつあるが、両替商の淡路屋には二年前にも多額の借金があったはず」

「棒引きされておらぬと」

五郎右衛門は首を傾げる。

「たしかに、そのようでござるな」

「家宝と引き換えに借財棒引きの話、これはいささかあやしい」

「と申されると」

「亀村左近が嘘をついておらず、江戸家老から聞かされた話を鵜呑みにしているだけとすれば」

「どういうことか」

「亀村が盗んで、梅花堂に持ち込んだこの茶碗は本物の龍鼻の茶碗。ならば最初から贋作などなかった」

「よくわからん」

五郎右衛門は頭を抱える。

「昨夜、吉原の帰りにあなたを狙ったのは江戸家老の腹心。おそらくは亀村左近があなたに会ったと注進したのでしょう。そこでふたりが家老の命《めい》を受け、あなたの動きを見張り、人気《ひとけ》のない夜道で斬りかかった。あなたを亡き者にするために」

「が、ご家老がなにゆえ、それがしを」

「思うに江戸家老の浜田将監殿とやら、深謀遠慮《しんぼうえんりよ》をめぐらせるのがお好きな方のようです。菅井殿ご自身、これまでなにかご意見の相違などは」

「表だってはござらぬが、そういえば、飢饉の折、それがし、ご家老のお救い米に異をとなえたことがござった」

「それはまた、なにゆえに」

「あの折、国元からこのままでは民百姓が生きていけぬと、年貢免除の願いが寄せられましての。その際、ご家老は年貢は例年通りそのまま取り立てて、代わりに問屋を通して困った百姓にだけ名主に願い出させ、お救い米を与えればよいと申された。毎年の決まりごとである年貢を免除することはできぬと。たしかに道理ではあるが、それがし思うに年貢免除ならば手間はさほどいらぬ。お救い米となると、いったん集めた米をさらに識別して、願い出た百姓に名主を通して届ける。煩雑な上に問屋にも役人にも名主にも手間がかかり申す。年貢免除のほうがお救い米よりも手早いのではないかと具申いたした。が、結局のところ、年貢取り立ては例年通り行われ、民百姓には願い出た者にだけお救い米を施すこととなった」

「なるほど、年貢免除ならば、役人も米問屋も儲からぬ。お救い米ならば、途中でいくらでも甘い汁が吸えるというわけだ」

「いや、まさか、親切なご家老が、そこまではとは思わぬが」

「そのときの御主君はご先代ですか」

「さよう」

「財政逼迫の折に、さらに無駄な金のかかるお救い米を推し進めるとはいかに。しかもご主君を差し置いて」

「うーん」

芳斎は茶碗を取り上げて、ためつすがめつ眺める。

「この茶碗が本物ならば、茶会でご主君が恥をかくなどありえない。ということは、すべては江戸家老の作り話。それを亀村は真《ま》に受けただけのこと。またたび小僧の狂言、狙いは別のところにあったのです」

「別の狙いが」

「先代のご主君は江戸家老にとって扱いやすかった。が、今度の若いご主君はどうであろう。新吾殿はご聡明で、ご主君が若君の頃より学友として話し相手をしておられたそうですが」

「うむ。大名とはいえ、屋敷はさほど広くなく、江戸詰めの家臣の数も限られております。新吾は学友というより、殿の幼馴染のようなもの」

「二年前、五郎右衛門殿がまだ隠居なされる前に近習見習いとなられた。家長が隠居前に嫡子がお役に就くことは珍しいのでは」

「新吾が前髪を落としたのを機に、ご家老よりたってのご推挙をいただき」

「それが茶会の少し前ですかな」

「うむ」

「ご主君と幼馴染で、しかもご聡明、清廉潔白《せいれんけっぱく》な菅井殿のご子息、となれば若いご主君が将来重きを置かれることは必定、今まで藩を好き勝手にしていた江戸家老にとっては厄介事」

「なんと申される」

「宿直の折、新吾殿を殺害したのが江戸家老の腹心二名」

「うむ」

「賊に家宝を盗まれたはお役目不行届き、忠義一途の五郎右衛門殿、ご子息の落ち度に潔《いさぎよ》く切腹なされるか、あるいは茶碗を探し求めて藩籍を離れられるか。江戸家老にとってはいずれにしても邪魔者が消えるというもの。いったん盗まれた茶碗、江戸市中を探してもたやすく見つかるわけもない。失礼ながらあなたのお歳では、そのまま市井に朽ち果てよう」

歯を食いしばる五郎右衛門。

「もうひとつうかがいたいのですが、お松さんのこと」

「松がなにか」

「あのご器量、あのご気質、二年前は十八、さぞや縁組の話、たくさんおありでしたろう」

「そのことならば、殿から内々に側室《そくしつ》の話があってな」

「へえっ」

和太郎、思わず声をあげる。

「幼い頃から新吾が殿の遊び相手として御前にうかがうことが多く、ときたま、殿がわが家にお越しになり、やはり松と幼馴染として、仲良くされていたこともあったが、それは幼少のこと。先代が亡くなり、殿が家督相続なされ、やがてご正室として縁戚の友田近江守《ともだおうみのかみ》様のご息女がお輿入《こしい》れなされた。側室に上がるは女子の出世に違いないが、奥で苦労するのは目に見えていると妻が申すので、返事を遅らせているうち、話そのものが立ち消えになっての」

「お松さんはそのことを」

「娘には伝えなかったが、内々とはいえ、狭い家中、薄々気づいていたとは思う。が、そのことについては娘はなにも言わなかったので」

「他のご縁談は」

「殿からの内々のお話に遠慮してか、家中からの縁組の話はその後はござらぬ」

「もしも、ご子息がご主君の側近となり、ご息女が側室となった暁には、菅井五郎右衛門殿、清廉潔白、正直で無骨、愚直なまでに不正を憎むあなたの力が増し、江戸家老は好き勝手ができなくなります。あるいは旧悪露見し失脚するか」

「そんな」

「そこまで先を読んで、江戸家老は元服したばかりのご子息をわざと茶会の直前に近習見習いに取り立てて、またたび小僧の狂言を仕組んだ」

「それがまことなら」

「すべてはあなたを取り除くための謀《はか》りごと。江戸家老は相当のしたたかものですぞ。見た目は温和であたり柔らかく、声音も優しく、民百姓を気遣っているように思われる。が、頭が切れて腹黒い。もしも、正直にあなたが盗まれた茶碗を持って屋敷へ届けたとする。ご主君には会えず、謀反の疑いありの理由をつけられ、まず、家老の手の者たちによって、討たれましょうな」

五郎右衛門は怒りに震える。

「うーん、むざむざ討たれるものか。かくなるうえは、斬って斬って斬り死にするまでじゃ」

「いやいや、それは無茶です。武士の意地を通すのも大事ですが、まともにぶつかってはただの負け戦、犬死にですぞ」

「しかし、どうすれば」

「こちらにはこの本物の茶碗がある。これをうまく使いましょう」

芳斎は煙草を一服。しばし考え込む。

間《ま》が持たず、五郎右衛門に話しかける和太郎。

「菅井様、その茶碗、やっぱり本物でしょうかねえ。あたしなんか、どう見ても安物にしか見えませんけど。だけど、芳斎先生はすごいや。そう思いません。茶碗一個で、江戸家老の悪事、そこまで見抜くなんて、噂通りの千里眼なのかな」

「おいっ、和太さん」

芳斎が和太郎をにらみつけ、とがめる。

「え、なにか」

「ちょっと静かにしてくれないか。気が散る」

「はあ」

「煙草三服の間だけ、黙っていてくれ」

和太郎は五郎右衛門と顔を見合わせ、首をすくめて、無言でうなずく。

煙草の煙がもやもやと部屋に立ち込める中、じっと考え込む芳斎。

「よし、これでいこう」

しばし黙考ののち、芳斎は煙管をぽんと煙草盆の灰落としに叩きつけた。

「相手が狂言好きなら、こちらも狂言でいきましょう。菅井殿、江戸家老にあてて書状をお書きくださ い」

「はあ、どのような文面でござろう」

「茶碗は探し当てたが、これを持って帰参する気はないと」

五郎右衛門は顔をしかめる。

「いや、しかし、それがしは娘とともに帰参を」

「ですから、嘘も方便です」

「うむ」

「二年の間、盗まれた茶碗を探し求めて江戸市中を巡り歩いたが、ようやく茶碗が見つかった。そして、二年前に死んだはずの近習、亀村左近を取り押さえ問いただし当夜の真相を知った。亀村の身柄はまたたび小僧として町方に引き渡した。町奉行よりいずれ屋敷に問い合わせがあろう。茶碗は見つかったが、二年前にせがれに死なれ、浪人中の苦労で妻にも先立たれ、五十過ぎた今、跡取りもないまま屋敷に戻っても、とてもお役に立つとも思えず」

「いや、まだまだお役に」

「ですから、方便ですよ」

「うむ」

「そこでこの茶碗、真贋は別として龍鼻の茶碗に相違なく、真相をすべて知るご家老にお渡ししたい。ついては老い先短い余生を楽に過ごすために金十両いただきたい」

　横から和太郎が口をはさむ。

「先生、十両は少ないですよ。いくら老い先短いからって、少なすぎ。あと二、三年生きるとして、十両じゃやっていけませんや。ねえ、菅井様」

「二、三年か。いや、もう少し長生きしたいと思うが」

「そうですな。では、思い切って百両にしましょう。いくらなんでも千両は法外だし」

　五郎右衛門はうなずく。

「百両か。まず、そのぐらいはほしいところじゃ」

「ではと、茶碗をお渡ししたいので、老い先短い余生を楽に過ごすために金百両をいただきたい。さすれば、すべて水に流すと」

「うむ、妥当なところかのう」

「その前にせがれを殺害した家中の二名の者、ええっと」

「黒岩半兵衛、中川多十郎」

「その黒岩と中川と果し合いをしたい」

五郎右衛門は手を打つ。

「おお、芳斎殿、それはよい思いつきじゃ」

「両者、助太刀無用」

「うん、それもよいな」

「亀村はただの捨て駒。家老の悪事に深くかかわる腹心二名があなたに斬られれば、それはそれで向こうにとっても好都合。乗ってくると思いますよ」

「なるほど」

「勝負は時の運、もしも自分が倒されたら、茶碗はそちらにお返しし、百両もいらぬ。が、こちらが勝ったら、茶碗と引き換えに百両いただきたい。親が子の敵《かたき》を討つは逆縁で仇討ちとは認められず、私闘で勝ったところで、お家に帰参は叶うまい」

「さよう」

「果し合いの立会人として、ご家老にはぜひ百両持参でお越し願いたい。こちらは亀村を引き渡したときに知遇を得た町奉行所の役人を立会人とする」

「え、それはいかに。奉行所役人の立ち会いとは」

「義平親分を通じて、ちょっと考えがあります」

「だが、深謀遠慮の浜田将監、受けるであろうか」

「もしも、この申し出、受けていただけない場合は、茶碗を添えて、二年前の真相、捕らえたまたたび小僧の口書き、町奉行を通して殿に進言いたすまで」

「いや、しかし、町方を動かすとなると」

「それも方便ですよ。向こうはあなたのことを謹厳実直、忠義一途《いちず》なだけの愚直で融通の利かない馬鹿正直な正義の士と思っています」

「いささか言いすぎではないか」

「そう思われているからこそ、この案はうまくいくかもしれない。窮鼠《きゅうそ》猫を嚙む。追い詰められたあなたはなにをするかわからない」

「うむ」

「ま、正義は大切だが、ときには柔らかく。今回、生真面目なあなたが吉原で遊ぼうと思いついたことが、茶碗を見つけ、当夜の真相を知るきっかけとなった」

　苦笑する五郎右衛門。

「はは、たしかにそうじゃな」

「ここはうまく、相手をだますことです」

和太郎は芳斎の案に感服する。

「先生、さすがは千里眼ですねえ。たった一個の茶碗から、腹黒い相手の手の込んだ悪だくみを見抜いて、しかも相手を引っ掛ける手口まで考えつくとは。しかし、その茶碗がもしも偽物だったら、先生のおっしゃる真相はすべて覆《くつがえ》るわけですね」

「えっ」

「だって、そうでしょう。もし、それが偽物だったら、やっぱり本物は淡路屋とかいう両替商のところにあるわけだ。ならば、お家の借財をいくらか棒引きしたのもほんとのこと。殿様に恥をかかせないために茶会の前に盗ませたのもほんと。てえことは、菅井様にはお気の毒だけど、ご家老は忠義者で、お子様はお家大事のために亡くなれたということに」

芳斎はぽかんと口を開けて、和太郎を見つめる。

「和太さん、おまえ、たまには面白いこと言うね。たしかに一理ある。おまえさんの言う通りだが、おそらくは、この家宝の茶碗が見た目ぱっとしないところから、贋作の作り話をご家老殿が思いつかれたのではなかろうか。まず、向こうがどう出るか。

この話に食いついてさえくれれば、すべてこちらの思惑通りさ」

五

「また吉原かい」

数日後、お寅を呆れさせたのは、果し合いの場所が日本堤に決まったからである。芳斎の思惑通り、松平家の江戸家老浜田将監はこちらの申し出を受け入れた。

決闘の名所といえば一番が高田馬場《たかだのばば》だが、これは遠すぎる。護持院ヶ原《ごじいんがはら》は江戸城に近すぎて、やはり都合が悪い。日本堤は浅草聖天町から三ノ輪まで続く長堤だが、その中央あたりに吉原への入り口衣紋坂があり、日本堤といえばだれしも吉原を連想するのだ。

約束の刻限は明け六つから一刻あとの辰《たつ》の刻。早朝の土手には既に二組が陣取り、虎視眈々《こしたんたん》と相手方をうかがっている。

一方には襷《たすき》がけの菅井五郎右衛門。脇に介添えの鷺沼芳斎。御用聞きの天神下の義平。義平の横には着流しに黒い長羽織、帯に朱房の十手《じって》を差した町方同心が控えている。

一方には片目に眼帯の黒岩半兵衛と二の腕をかばうように押さえている中川多十郎。その背後にいる初老の武士が駿河安部藩松平家の江戸家老、浜田将監である。年齢は五十前後、にこやかな顔つきでふたりの腹心に優しくなにやら語りかけている。

　吉原の大門が開くのが明け六つである。今からなにが始まるのかと、見返り柳まで出てきた朝帰りの遊客が足を止める。茶屋の奉公人や朝商いの商人、客待ちの駕籠《かご》屋などが、ぽつぽつとこの二つの陣営を遠巻きにする。

　十手を手にした義平が遠巻きの輪を牽制《けんせい》する。

「おうっ、これから町方の旦那が立ち会いなすっての果し合いだ。真剣勝負だから、それ以上近づいちゃ、怪我するぜ。みんな、邪魔するんじゃねえぞ」

　和太郎は陣営には加わらず、かなり距離を置いて遠巻きの輪にいる。芳斎から言われたのだ。菅井五郎右衛門の腕は相手のふたりよりもはるかに優《まさ》る。が、向こうには悪賢い浜田将監がついているので、なにが起こるかわからない。相手が卑怯な手を使って五郎右衛門が不利な場合は芳斎自身が加勢する。勝負は時の運もあり、五郎右衛門も自分も倒されるかもしれない。そのとき、こちらの陣営にいては巻き添えを食うかもしれぬ。そこで外から成り行きを見守るようにと。

　五郎右衛門からも、自分が倒れた場合、どうかお松のことをよろしく頼むとも言われている。それで輪の外にいるわけだ。

浅草寺弁天山の鐘が鳴り響いた。いよいよ五つ、辰の刻である。町方同心と家老が中央に近づき、お互いの取り決めを確認する。

和太郎は身を乗り出す。

おっ、いよいよか。菅井様が勝ったら、茶碗を渡して百両もらうよってなことを言ってるんだな。家老も鷹揚にうなずいているよ。腹黒い悪家老だと思っていたが、人のよさそうな顔つきだ。人は見かけによらないとはよく言ったもんだ。

菅井様はなんてったって強いんだから、まず大丈夫だ。相手はたいしたことないな。ひとりはこないだ菅井様に竹光で目ぇ突かれたんだ。もひとりは先生に腕を払われて、まだ痛そうだ。これじゃ、勝負にならないや。

だけど、待てよ。相手は家中の使い手だそうだし、しかもまだまだ若い。菅井様は鍛えているとはいえ、もういい歳だよ。

とすると、ふたりを相手に老骨に鞭うってひとりで立ち向かうのは、ちとまずいんじゃないかな。不利になったら加勢するって言ったけど、先生は剣術使いじゃなくて絵師だよ。大丈夫かなあ。菅井様がもし負けたら、茶碗を取られて、それでおしまいかい。

うちでおふくろと吉報を待ってるお嬢さん、身寄りもなくて、天涯孤独になっちまう。気の毒だなあ。

そうなると、菅井様からあとのことは頼むって言われてるんだ。俺が嫁にもらうってのもありか。おふくろもお嬢さんのこと、けっこう気に入ってたみたいだし。がさつなおふくろだけど、気性はいいんだよ。嫁姑の仲も案外うまくいくかもしれないな。

あっ、同心が朱房の十手を振り上げた。そろそろ始まるぞ。

黒岩、中川両名と向き合う五郎右衛門。間合いを取り、どちらも静かに刀を抜いた。

朝日にきらめく剣に周囲の弥次馬が歓声をあげる。

五郎右衛門に左右からじりじりと迫る黒岩、中川。

しばしにらみ合った後、片目の黒岩がたたっと駆け寄り、右手からえいっと気合もろとも振り下ろす。わずかに右に開いて一撃をがしっと剣で受け止める五郎右衛門。

黒岩はぐいぐいと力任せに刃を押し付けてくる。

その隙をついて、左手の中川が五郎右衛門の脇を攻める。

刹那、ため込んだ膂力《りょりょく》で黒岩を押し返し、その勢いで脇からきた中川の胴を撫で斬りにする。見事なひねりである。

ずばっと音がして、腹から血を吹き出しながら中川多十郎が呻いて倒れる。

周囲の輪から再び「おおっ」と声があがる。

五郎右衛門は不敵な笑みを浮かべ、黒岩半兵衛を見据える。

「黒岩、竹光で潰された片目が痛いか。ふふ、十六のせがれをふたりがかりでなぶり殺しにしたようなわけにはいかぬぞ」

「ほざくな」

怒りをみなぎらせて片目で五郎右衛門をにらむ黒岩。

「さあ、どうした、黒岩。来るがよい」

「おのれ」

気合とともに打ちかかる黒岩の一撃を、五郎右衛門はひらりとかわし、その背をすぱっと斬り下げた。

「おおおっ」

またもや歓声が沸き起こる。

黒岩半兵衛はそのまま一、二歩進んでばたりと倒れ、しばらくぴくぴくしていたが、やがて動きが止まった。

「勝負あり」

同心がよく通る声で決着を告げた。

和太郎はようやく安心して輪の中のみんなのところへ近寄る。

「菅井様、おめでとうございます」

「うむ」

同心が家老の浜田将監に言う。

「では、ご家老、約束通りに」

うなずく浜田将監。

「菅井、見事であったぞ。おぬしのような武人を重用せず、市井《しせい》に捨ておくは惜しいことよ」

「ならば、帰参叶いますかな、ご家老」

将監、大きく溜息つき、首を振る。

「そうしたいのはやまやまではあるが、私闘で当藩の者を殺害した上は、それは叶わぬ。約束通り、百両と引き換えに龍鼻の茶碗を」

五郎右衛門の介添え役の芳斎がうなずき、布に包んだ茶碗を取り出す。

「これにございます」

「では」

将監は懐より金包みを出す。

「交換とまいろう」

芳斎は茶碗を将監に手渡し、五郎右衛門は将監より金包みを受け取る。

「おお、これぞまさしく松平家代々に伝わる龍鼻の茶碗」

茶碗を日にかざし、将監は満足そうに微笑む。

それを見て、五郎右衛門は顔をしかめる。

「ご家老、それは巧みに似せた贋作ではございませなんだか」

「ふふ、なにを申す。これぞふたつとない本物じゃ。菅井、よくぞ見つけたのう。これでおぬしのせがれも浮かばれようぞ」

苦々しい思いで将監をにらみつけ、金包みを解く五郎右衛門。

「やや、これはなんと」

出てきたのは小判ではなく天保銭である。

「ご家老、約束が違いますぞ」

「菅井、すまぬのう」

将監が猫撫で声で頭を下げる。

「当藩は相変わらず財政が逼迫しておるのじゃ。その上、殿がご倹約に目覚められて、なかなか百両の大金、調達するのが難しくてな。またお救い米でもあれば、よいのじゃが。それで、承知してくれぬか」

「いくら老い先短い身でも、これでは余生は送れませぬ」

将監は大きくうなずく。

「さもあろう。ならば、その余生、ここで終わらせてはどうじゃ」

「なにっ」

将監、遠巻きの輪に向かって声をかける。

「各々方《おのおのがた》、お出会いめされよ」

輪のあちこちから浪人が現れる。その数なんと十名。

「ご家老、これはいかなる真似でござろうか」

「うむ。昨今、巷《ちまた》には貧苦にあえぐ浪士あまたあり。嘆かわしいことではあるが、世《せ》知辛《ちがら》い世の中で仕官の口など滅多にない。士道は地に落ち、目に余る。そこで、当藩では出自《しゅつじ》にかかわらず腕の立つ武士を新たに召し抱えようと思うてな。が、竹刀《しない》や木剣では腕のほどがわからぬ。やはり真剣でなければ。ここに志願なされた十名の方々、浪人ながら、それぞれ腕に覚えがあるという。まずは腕試しで、おぬしを倒した者一名を召し抱えることにしたのじゃ」

五郎右衛門、溜息をつく。

「なるほど、士道も地に落ちたものよ。浪士の方々、それがしも二年の浪人暮らしで、ご貴殿らの苦しい暮らし、よくわかる。この家老、百両と偽って天保銭を寄越したたか者、欺かれるでないぞ」

顔を見合わせる浪人たち。

「たしかにそうだな。俺、抜けるよ」

「では、拙者も」

「わしも」

十人の浪人のうち三名があっさり去っていく。

「行くな。この者を倒した者は仕官が叶うぞ。そして生き残れば、ひとり一両、日当を出そう」

残った七人のうち、不気味な死神を思わせる痩せ浪人が笑みを浮かべる。

「ふふ、たかだか二年の浪人暮らしで偉そうに言うなよ。俺なんぞ、生まれたときから浪人だぜ。いくら剣の腕を磨いても、仕官のできない世の中。おめえを倒して仕官するか、お陀仏になったところで、浪人暮らしとおさらばできるってもんさ。だがな、さっき犬死にしたふたりの屋敷者と違って、俺は強いぜ」

同心が割って入る。

「これは話が違うではないか。そちらのご家老。果し合いでこちらが勝ったのに百両渡さず茶碗だけ取り上げて、しかも浪人をけしかけるとは。あまりに無体な」

「ふふふ」

笑みを浮かべて将監は慇懃《いんぎん》に頭を下げる。

「町方のお役人。お役目ご苦労に存ずる。ならば、御貴殿も菅井に加勢なされればよろしかろう。いかがかな」

「いや、それは」

同心はすごすごと引き下がる。

「仕方がないなあ」

芳斎が進み出る。

「菅井殿がいくら強くても、こう腕の立ちそうな浪人が七人も相手じゃ、ちと不利だ。助太刀無用の約束だが、先に約束を破ったのはそっち。わたしが菅井殿に助太刀いたしましょう」

「おお、芳斎殿、かたじけない」

五郎右衛門は浪人たちに向かって言う。

「かくなるうえは、いたしかたない。無駄な殺生はしたくないが、いざっ」

刀を抜く七人の浪人。菅井と芳斎もそれぞれ抜く。

「ご家老、いや、奸物《かんぶつ》浜田将監、それがしが生き残ったら、貴様の命はないと思え」

「ふふ、それは楽しみじゃのう。さ、浪士の方々、お手並み拝見とまいる。あやつを倒せばめでたく松平の家臣、生き残った者には日当一両差し上げまするぞ」

死神のような痩せ浪人が他の浪人たちをにらみつける。

「おめえら、俺より先に手え出すんじゃねえぞ。こいつは俺の獲物だからな」

顔を見合わせる浪人たち。その中のひとり、太った大柄の浪人が打って出る。

「なにを身勝手な。わしとて仕官したいわい。うおおっ」

叫びながら五郎右衛門に駆け寄り斬りかかるが、ずばっとあっけなく胴を払われ、その場に倒れて絶命する。

「だから言わねえこっちゃねえんだよ。おめえらの相手じゃねえや。俺が仕留めたあと、一両もらえりゃ、御《おん》の字だろうが。ふふ、だけど、今のでおめえさんの太刀筋がわかったぜ。覚悟しな」

細身の剣をゆらゆらと揺らしながら、五郎右衛門に迫る。残る五人の浪人も仕官を賭けてみな隙あらばと五郎右衛門に刃を向ける。が、芳斎に向かう者はいない。芳斎を斬ったところで仕官が叶うわけではなし、また、下手《へた》に斬り死にしても馬鹿らしい。それが人情であろう。

芳斎は軽く溜息をつき、五郎右衛門を囲む浪人のうち、一番端の者に言う。

「おい、こっちだ」

振り向く髭面の浪人。

「おまえたち、大勢でひとりを相手とは卑怯だろう。わたしが相手になろう」

「くそっ」

向かってくるのを芳斎はすぱっと斬り捨てる。

哀れな浪人がひとり、宙をつかんで倒れる。

驚きひるむ浪人たちの中で、ひとり死神のごとき痩せ浪人が正面から五郎右衛門に打ちかかる。さっとかわす五郎右衛門にひらりひらりと舞うように斬りつける痩せ浪人。その一閃が五郎右衛門の袖を斬り裂いた。

「わっ」

思わず目を覆う和太郎。

五郎右衛門が反撃に出て、痩せ浪人の頭上に剛剣を振り下ろす。剣で受ける浪人。

が、浪人の細身の剣が折れて、五郎右衛門の一撃がその眉間を叩き斬った。

「おおおっ」

またもや歓声。

和太郎はほっと一息。うちで一番の刀をお貸しして、ああよかった。

残る四人の浪人。五郎右衛門の気迫に恐れをなして、剣を納める。

「馬鹿馬鹿しい」

「命あっての物種だ」

去っていく四人の浪人。

将監はあわてて、声を張り上げる。

「行くな。ひとり十両、いや二十両」

「悪あがきはやめろ。将監」

将監の温和な顔が本性を剝き出し悪相に変わる。

「どうする気じゃ」

「百両もらえなかったので、その茶碗を返してもらおうか。それがあれば、それがし帰参が叶う」

「ふん、こんな茶碗ひとつでせがれを失い浪人とは、情けないのう。忠臣面《づら》の愚か者めが」

「さ、茶碗をこちらへ」

「これがなければ、貴様は一生日の当たらぬ浪人じゃ」

いきなり茶碗を石畳に叩きつける将監。

「ああ」

粉々に割れる茶碗。

「おのれ、お家代々の家宝龍鼻の茶碗を打ち割るとは、それでも家老か。この逆賊めが。許さぬ。抜け、貴様も武士ならば、尋常に勝負いたせ」

将監は笑う。

「尋常に勝負とな。だれが貴様などと。片腹痛いわい」

「ええい、抜かぬなら、こちらから参るぞ」

刀の柄に手をかける五郎右衛門。

将監は両刀を鞘ごと腰から抜いて、その場に捨てる。

「どうじゃ。貴様が正義を重んじる真の武士ならば、丸腰の者を背後から斬れるかな」

「卑怯な」

「なんとでもいえ。負け犬の遠吠えじゃ。茶碗がなければ、巷《ちまた》に朽ち果てるまで。二度と松平の門はくぐるでないぞ。ぺっ」

その場に唾を吐き捨て、背中を見せて悠然と立ち去る将監。

「ええい」

五郎右衛門は駆け寄り、えいっと将監の髷《まげ》を切り落とす。

「おおっ」

頭を押さえる将監。

「命惜しさに武士の魂を捨てるとは。貴様のような外道《げどう》を背中から斬っては刀の穢《けが》れ。ゆえに髷だけで許してつかわす」

同心が叫ぶ。

「親分、その外道に縄を」

義平、十手を将監に叩きつけ、縄をかける。

「止《や》めぬか、不浄役人め。わしをだれと心得る。駿河安部藩松平家江戸家老」

皆まで言わせず、があんと義平の十手が将監の頭を直撃する。気を失って倒れる将監。

「わあああ、やった、やった」

遠巻きの群衆から歓声があがる。

義平が十手を振り上げて叫ぶ。

「おうっ、みんな、見世もんじゃねえぞ。散れ、散れ」

同心、数名の見物人に声をかける。

「あ、おまえとおまえとおまえ、ちょっと残って手伝え」

「へい、旦那、どうすれば」

「そこにある亡骸《なきがら》だが」

「番屋に運びましょうか」

「いや、あとで御番所から取りにくるから、とりあえず、見返り柳の前に並べておいてくれ」

「へい」

「その極悪人のご家老、逃げないように見返り柳に縛っておこう」

並んだ死体の横で柳の木に縛られる将監。

同心は物見高い群衆に言う。

「みんな、よく聞け。今ここに縛られてるのは人の不幸に付け込んで、さんざん汚く儲けやがった外道の極悪人だ。あとで町方から引き取りに来るが、決して」

そう言って石を拾って将監に投げつける。

「こんなふうに石なんか投げちゃいけないぜ」

六

山谷堀には吉原の行き帰りの客に加えて、新しく猿若町の芝居見物の客を当て込んだ茶屋が軒を並べて繁盛していた。一刻前に見事果し合いで勝利したばかりの菅井五郎右衛門をはじめ、介添えの鷺沼芳斎、立ち会いの義平、和太郎が茶屋の奥座敷で、昼間から祝いの酒を酌み交わしている。

「芳斎殿、いやあ、お見事でござった。こうまで筋書き通りうまくいくとは思いもよらず」

「いえ、見事なのは五郎右衛門殿のお腕前です。わたしが心配だったのは、もしも将監が正直に百両もってきたらどうしようかと」

「そのときは、それがし、百両で老い先短い余生を送ろう。それもまた一興かと存ずる」

和太郎もにやり。

「でも先生、あの家老、よっぽど目が利かないんですね。あいつが叩き割ったのは八文の安茶碗ですよ。こんなところへ本物持ってくるわけないじゃないですか」

「それはね、和太さん。あの家老が菅井殿をよほど正直者と信じ込んでいるからさ。まさか謹厳実直、忠義一途なだけの愚直で融通の利かない馬鹿正直な菅井殿が偽の茶碗を持ってくるなんて思いもしなかったのだろう」

「それはちと言い過ぎじゃ」

「へへ、菅井様、これでご子息の敵《かたき》も討てましたね。おめでとうございます」

「梅花堂の御主人、こちらこそ礼を申す」

「いいえ、それじゃ、あたしはこれからひとっ走り」

和太郎が立ち上がる。

「一刻もはやく、うちでおふくろと待っているお嬢さんにお知らせしなくちゃ。どうぞ、みなさん、ごゆっくり」

さっと、飛び出していく和太郎を見て芳斎は苦笑する。

「相変わらず、わかりやすい男だ」

義平はぐいぐいと飲みながら、しきりに感心する。

「でも、菅井様がお強いのは当然ながら、驚いたなあ。先生があれほど強いなんて。

絵師の修行で諸国を巡ってらしたそうですが、ほんとは武者修行だったんじゃありませんか。山の中で山賊なんかばったばったと斬り捨てたりしてね」

　芳斎、暗い顔で首をふる。

「いやいや、とんでもない。実は少々悔やんでいます。人を殺すなんて、いい気分のものではない。ああでもしなければ、菅井殿が危ないと思ったんでね。抜いた以上は生きるか死ぬかの真剣勝負。斬らねば、こちらが斬られる」

「黒岩、中川は当然の報いだが、死んだ三名の浪士はたしかに気の毒である。中でもあの痩せた男、恐ろしいほどの殺気で、危ういところであった。あれほどの腕がありながら、惜しいことじゃ」

「あの浪人、見るからに邪剣、菅井殿がもしもあの痩せ浪人に斬られていたら、わたしではとても相手ではない。刀を納めた浪人たちのように、命惜しさに尻尾を巻いて逃げていたかもしれません。となると、せっかくの筋書きもご破算で、すべては家老の思う壺というところでしたな」

「たまたまそれがしに利があっただけのこと。剣の勝敗が正義とは思わぬ。それにしても、仕官を餌に貧しい浪人を手先に使うとは、将監め、殺しても殺し足りない極悪非道の外道めじゃ」

廊下から声がかかる。

「みなさま、お待たせいたしました。着替えるのに手間取っちまって」

「おお千両役者の登場だ」

入ってきたのは役者の権左であった。

「さすがは七化け、おまえさんの同心ぶり、見事だった」

「よしてくださいよ、先生。今は七化けじゃなくて、小芝居の人気役者、鯉川権三郎でございますよ」

「一年ぶりに生の芝居を見せてもらった。たいした度胸だよ。やっぱり役者は度胸だな」

「いいえ、いつ本物の町方が見廻ってくるかと、内心ずっとびくびくでした」

義平が権左に盃を差し出す。

「だけど権左、おめえ、同心の旦那にしては、ちょいと白粉が濃すぎたぜ。目張りまで入れて、俺は思わず吹きそうになった。笑いを堪えるのに苦労した」

「すいませんね。いつもの役作りの癖で。でも、代役立てて、お芝居をお休みした甲斐がありました。鬼気迫る果し合いを目の前で見て、いい芸の肥やしです。それに、あたしが親分に縄を打てって言ったとき、まわりからわあっと歓声が。あたし、うれしくって、思わず見得《みえ》を切りそうになりましたよ」

「石を投げるな、なんて言いながら、おめえ、自分で投げただろう。あとでみんな投げてたからな。あの悪家老、二目《ふため》と見られない顔になってるぜ」

溜飲を下げ一同は大いに笑う。

「五郎右衛門殿、これからどうなさるおつもりか」

「お家の家宝の茶碗を屋敷に届けます」

「いよいよご帰参ですな」

「さて、手に入るまでは、茶碗さえ見つかれば帰参が叶うと、そればかりを思っておりました。が、いざ手に入ると、今さらお屋敷勤めも窮屈な気がして」

「いや、やはりご帰参なさるがよろしかろう。お松さんのこともあるが、あなたのような立派な忠義のご家来がいれば、お家も安泰、将監のような獅子身中《しししんちゅう》の虫《むし》も湧きますまい」

「そうかもしれぬ」

大きくうなずく五郎右衛門。

「そうそう、親分、あの偽のまたたび小僧はどうなったかな」

「鶴屋宇兵衛、大番屋でちょいと痛めつけて、お牢送りになりました。本物のまたたびならば獄門は免れませんが、ありゃどう見ても偽もんだ。牢内でいじめられて、あとは百叩きか江戸払いってところでしょうかねえ」

こうして天保十五年、中秋八月の一件は片付いた。その後も芳斎は梅花堂の二階で煙草をすぱすぱやりながら、道具の目利きをしたり、失せものや尋ね人の相談に乗ったりしている。この分では、出ていきそうにない。

相変わらず絵筆も持たない。書画の良し悪しが人一倍わかるのに、自分では思うように描けないとこぼしている。

それもいいではないかと和太郎は思う。

人には向き不向きがあるのだ。芳斎先生は目利きができるが、絵師には向いてないのではないか。先生の天分《てんぶん》は道具を見分けるように人の目利きができること。その天分を生かして困った人を謎解きで手助けすれば、世の中の役に立つというものだ。

和太郎は目利きの修業を続けながら、芳斎の謎解きを手伝うことにした。だって、道具の目利きよりずっと面白いからね。

梅花堂の表を掃いていた小僧の卯吉が急にびくっとして、空を見上げる。

「おかみさん、白いものが降ってきましたよ」

店の中に声をかける。

「おや、今年は早いようだ」

帳場のお寅がぶるぶるっと肩をふるわせ、襟をかき合わせた。

「そろそろ雪見の時節かねえ」

二階では芳斎が和太郎の前にふたつの茶碗を置いて、目利きの指南をしている。

「どうだい、和太さん。この茶碗の違い、わかるかな」

「うーん、わかりませんねえ。どう違うんだろう」

「こっちが八文の安茶碗、こっちが十両ってとこか」

「なんでそんなに違うんです。どっちで飲んでも茶の味なんて変わらないや」

「いや、そうじゃない。味は変わるんだ」

「ほんとですか」

「ほら、八月の一件、龍鼻の茶碗がそうだったろう」

「ああ、そういえばそうでしたね。あれからもう四月《よつき》か」

「だけど、和太さん、おまえさん、女にかけてだけは大層な目利きだよ」

「そうですか」

「うん、おまえさんが惚れてたお松さん」

「別に惚れてなんかいません」

「おまえさん、わかりやすいんだよなあ」

「へへ」

「あのお松さんが、今ではお大名のご側室、お松の方様なんだからね」

和太郎はお松の姿を思い浮かべる。

「ああ、高嶺の花だったなあ」

「そればかりか、あの菅井五郎右衛門殿が、切腹した将監のあとを引き継いで、駿河安部藩松平家の江戸家老におなりだよ」

「長屋の浪人から江戸家老、たいしたご出世です。でもね、先生、それよりもなによりも、あたしが一番驚いたのは菅井様、ご自分のお歳の半分の後添えをお貰いになったことですよ。菅井様は五十過ぎでもご新造はまだお若い。ご懐妊なされば跡取りの心配はないし、菅井家もご安泰というわけです」

「ああ、あれにはわたしも心底驚いた」

「そうでしょう。先生の千里眼でもあそこまでは見通せなかったんだ」

芳斎は笑う。

「ははは、あんなことがあるんだなあ。あの御仁、老いの一徹といおうか」

「なにしろ、お大名の江戸家老のご新造様がもとは吉原の花魁だなんて、だれも信じられない話ですよね」

時代小説

二見時代小説文庫

目利《めき》き芳斎《ほうさい》 事件帖《じけんちょう》1 二階《にかい》の先生《せんせい》

著者 井伊和継《いいかずつぐ》

発行所 株式会社 二見書房
〒一〇一-八四〇五
東京都千代田区神田三崎町二-一八-一一
電話 〇三-三五一五-二三一一［営業］
〇三-三五一五-二三一三［編集］
振替 〇〇一七〇-四-二六三九

印刷 株式会社 堀内印刷所
製本 株式会社 村上製本所

落丁・乱丁本はお取り替えいたします。
定価は、カバーに表示してあります。

ISBN978-4-576-20130-6
https://www.futami.co.jp/